Julián Herbert (Acapulco, 1971) es autor de varios poemarios y antologías, así como del libro de cuentos *Cocaína (manual de usuario)* (2006), de las novelas *Un mundo infiel* (2004, publicada por Malpaso en 2016), *Canción de tumba* (2011) y *La casa del dolor ajeno* (2015), y del volumen de ensayos *Caníbal: apuntes sobre poesía mexicana reciente* (2010). Ha sido galardonado, entre otros, con el Premio Nacional de Literatura Gilberto Owen (2003), el Premio Nacional de Cuento Agustín Yáñez (2008, compartido con León Plascencia Ñol) y el Premio Jaén de Novela (2011), y algunos de sus cuentos y poemas han sido traducidos al francés, inglés, portugués, alemán, catalán y árabe.

En su faceta de artista polifacético, Herbert fundó en 2009 el colectivo de arte interdisciplinario Taller de la Caballeriza, con el que publicó en YouTube la colección de videopoemas *Depósito salvado* (2009-2010), y, junto con Jorge Rangel y Roy Carrum, realizó *Soundsystem en Provenza*, una performance de electropoesía que se presentó en distintas ciudades de México, Francia, España y Alemania. También ha sido miembro de dos bandas de rock, Los Tigres de Borges y Madrastras.

León Plascencia Ñol (Jalisco, 1968) es poeta, narrador, editor y artista visual. Entre otras, ha publicado las obras *El árbol la orilla* (2003), *Apuntes de un anatomista de ciudades* (2006), *Revólver rojo* (2011) y *El lenguaje privado* (2014), y, junto con Rocío Cerón y Julián Herbert, editó la antología *El decir y el vértigo: panorama de la poesía hispanoamericana reciente (1965-1979)* (2005).

Ha sido galardonado con el Premio Álvaro Mutis (1996), el Premio Nacional de Literatura Gilberto Owen (2005) y el Premio Nacional de Cuento Agustín Yáñez (2008). Plascencia Ñol, que en la actualidad dirige la editorial Filodecaballos, ha sido director de las revistas *Parque Nandino* y *La Zona*, y colabora asiduamente con periódicos y revistas de España, Estados Unidos y distintas ciudades latinoamericanas.

TRATADO DE LA INFIDELIDAD

JULIÁN HERBERT
Y LEÓN PLASCENCIA ÑOL

TRATADO
DE LA INFIDELIDAD

MALPASO

BARCELONA   MÉXICO   BUENOS AIRES   NUEVA YORK

Esta obra obtuvo el Premio Nacional de Cuento Agustín Yáñez en el año 2008.

Es parte de lo bueno de la vida: encontrar a la pareja perfecta y después cambiarla.

ALLY MCBEAL

Cada nuevo exceso me debilitaba más y, sin embargo, ¿qué va a hacer un hombre insaciable?

PHILIP ROTH

Hay personas tan fascinadas y atraídas por lo Otro que no se contentan con los contactos superficiales, los gestos sublimados, el imaginar, en secreto, las transferencias compensatorias. No, tienen que tocar el fondo, exponerse, agarrar, explorar, agotar, quemar. ¿Ves esta arruga en medio de las cejas? Es la marca de los hombres que aman a las mujeres ardientemente.

RUBEM FONSECA

¿Que por qué estaba yo con esa mujer? Porque me recuerda a ti. De hecho, me recuerda a ti más que tú.

GROUCHO MARX

RASTROS EN EL SENDERO

TARJETA POSTAL
CON EL TAJO AL FONDO

Una de mis varias muertes fue en Lisboa. En la Baixa. Hace años de eso. Es como una tarjeta postal, que nunca mandé, con el Tajo al fondo.

Vi a Fernanda casi al llegar.

Ella estaba sola y miraba el río.

Luego me mostró a Raquel Peters, pero me adelanto. Eso fue antes de mi muerte.

Bajé del tren en Santa Apolonia y de inmediato me persiguieron los hombres que querían llevarme a sus hoteles, o a los hoteles que les daban una comisión. Los rechacé amablemente.

Hacía un frío terrible.

Quería ver de nuevo a Fernanda.

Me esperaba. Su marido, un arquitecto estadounidense, estaba en China trabajando en una compañía india. Se hablaban casi a diario por teléfono.

Crucé la calle y ahí estaba ella. Abrigada. Miraba los barcos atracados.

Nos abrazamos como si fuéramos unos desconocidos.

Fernanda tenía un lunar en la espalda, un tatuaje en el muslo izquierdo y unos senos pequeños.

Me hospedaría con ella. Éramos amigos desde hacía muchos años, cuando los dos empezamos a trabajar en nuestros oficios. Ella como arquitecta, aunque luego abandonó eso para dedicarse al arte conceptual.

Construía cajas que guardaban bloques de silencio.

Yo era ayudante de un guionista de televisión borracho, arrogante y gay. Se creía una mezcla entre Stendhal y Capote. Nunca leí de él una página medianamente escrita, pero me pagaban bien.

Fue cuando cogimos por vez primera Fernanda y yo.

Nada importante. Una simple diversión. Ella estaba casada con su primer marido. Un cantante de rock que lo único que hacía era meterse coca, escuchar a Neil Young e imitar a Charly García.

No estábamos enamorados.

Me gustaba su cuerpo.

Incluso cogimos una vez en el baño, durante una fiesta, mientras el marido preparaba unas líneas en la mesa de la sala y hablaba de las maravillas del nuevo disco de alguno de sus ídolos. Pero eso no importa. Fue hace muchos años.

Luego Fernanda se cansó de él y se refugió en los brazos de un corredor de bolsa y la casa se transformó en otra cosa. Luego vendría John y sus obsesiones con Gehry y Loyd Wright. Al poco de vivir juntos, a él le ofrecieron un trabajo en Lisboa y se fueron a la ciudad. Fernanda y yo teníamos cinco años de no vernos.

Recordaba con nitidez su cuerpo.

La risa.

La voz ronca.

A veces nos escribíamos correos electrónicos, o me mandaba ella fotos de sus piezas. Mientras tanto fui ascendiendo y ahora ya era yo el guionista principal y por mis manos pasaron muchas actricitas que querían convertirse en estrellas televisivas.

Cogí con varias.

A veces eran tríos.

Pero me aburría.

Por eso me fui a ver a Fernanda.

Un día recibí un correo de ella. Me decía que su marido estaba en China, que ella estaba sola y aburrida y que se acordó de cuando éramos veinteañeros y cogíamos por todos lados y a la menor provocación.

Estaba aburrido, lo dije, y por eso me fui a Lisboa. Agarré de pretexto una asesoría en Madrid y de allí tomé el tren por la noche.

De Lisboa tenía muchos recuerdos y la conocía bien, o eso creía. Hay épocas que se vuelven difusas en la memoria. Estuve en Lisboa cuando pensaba que algún día llegaría a ser poeta. Era ingenuo. Ahora soy guionista y me aburren los poetas y sus versitos. Me enamoré de Lisboa, pero me prometía que nunca más volvería. Ahí estuvo mi error. Volver a la ciudad me lo recordó.

Fernanda se veía más guapa. Se había recortado el cabello y tenía un halo de mujer madura.

Nos dimos un beso en la mejilla y tomamos un taxi.

En silencio.

Absortos.

Enero también es un mes cruel.

Estuve casi todo el mes en casa de Fernanda. Salíamos a recorrer los lugares cercanos. Íbamos a O Brasileira, el famoso café visitado por Pessoa, porque estaba a la vuelta de su casa, quiero decir, la casa de Fernanda. Recorríamos Chiado como dos enamorados. Cursis, abrazados, protegiéndonos del frío. Entrábamos a las tiendas de discos, a las de libros, a las de ropa como recién casados.

Hay cosas que uno nunca debe hacer con una mujer, una de ellas es coger sin condón. Olvidé una de mis reglas.

La primera, y las siguientes, las hicimos con protección.

En el balcón le abrí las nalgas y la penetré.

En el baño.

En el estudio, con una foto de su marido sonriéndonos.

En la cama: amarrada, travestida, cegada, herida.

En un rincón de Madre de Deus.

En el Castelo de São Jorge. Como dos turistas que quieren dejar la foto del recuerdo. Abajo se veía hermoso y triste el río. Nubes negras en los alrededores.

Luego vino el día del error. Habíamos llegado de un paseo.

Compramos discos de Raquel Peters, de Mísia, Margarida Guerreiro, Mafalda Arnaut, Cristina Branco y algo de jazz.

Cantaba Peters una canción triste.

Siempre compro discos de mujeres cantantes porque las encuentro muy atractivas. Mejor, solo compro discos de mujeres atractivas.

Me estoy desviando.

Cantaba Peters una canción tristísima y yo bebía whisky y estaba sentado en un sillón y le pedía a Fernanda que bailara para mí, pegada a una pared, al lado del balcón del estudio —se suponía que esa era mi habitación, pero nunca dormí en ella—. Después le ordené que se desnudara lentamente y que se tocara los labios con suavidad, que abriera las piernas, que caminara a cuatro manos, que fuera a donde yo estaba, que me abriera la cremallera, que me lo chupara despacio.

Ahí estuvo el error.

No volvimos a usar condones y creímos enamorarnos. Creímos.

El día de mi partida fue doloroso. Antes, cogimos como dioses puesto que no lo somos, para citar a un poeta que me parecía fenomenal antes de descreer de esos impostores.

Fuimos a Belem, a Rossio. En la Avenida da Liberdade le dije que la amaba. Afuera del elevador de Santa Justa la abracé y quise cogérmela ahí mismo. Pero siempre me engaño.

Me llevó a Santa Apolonia y nos despedimos con un largo abrazo.

Pero regresé.

Segundo error.

Regresé y cogimos con más ímpetu. Fernanda era una mujer muy hermosa. Planeamos otra vida. Ella se separaría de su arquitecto. Error. A una mujer no hay que pedirle que abandone nada porque lo hace.

Estábamos en la Baixa, esperando tomar el ferry. La luz de la mañana de invierno me cegó y me di cuenta del error en el que estaba. Pero soy un cobarde. Siempre lo he sido.

Subimos al ferry. El viento nos helaba y yo veía feliz a Fernanda.

Ahí decidí morir. Ahí mismo me arrojé a las aguas del Tajo.

Puro melodrama.

Me explico.

Arrojé a quien era en ese momento, al que creía amar a Fernanda. Quería volver con mis actrices, mis guiones, mis noches de juerga. No quería vivir con una artista conceptual a la que no entendía. No quería vivir con nadie, pero hablo demasiado.

Me regresé a Madrid.

Ella me llamaba una vez, luego dos, luego diez veces. Quería dejar todo.

Yo estaba fastidiado. Tenía miedo, pero no lo decía.

Tomé el avión. Regresé a mi Parque España. Volví a mis actrices y una de ellas, de veintidós años, me dijo que estaba embarazada. Otro error. Nunca hacerlo sin condón. Aunque esa vez no lo recordaba. Estaba muy borracho o el niño era de otro.

Fernanda regresó a México. La vi y le dije que era imposible todo. La actriz ya había abortado, pero mentí. Fernanda, una mujer está esperando un hijo mío, le dije. No puedo estar contigo. Me salían bien esos diálogos. Tantos años como guionista de telenovelas tenía sus ventajas.

Fernanda entonces comenzó a amenazar a la actriz. Otro error. Le dije el nombre de la actricita. A perseguirla. Tuve que volver a hablar con Fernanda. Me estás destruyendo, le dije. Puse cara de galán de melodrama y la amenacé. Después ella se fue. No supe nada.

Pero a veces, en algunas noches de insomnio, la extrañaba.

Extrañaba la voz de Fernanda.

Su risa.

Sus nalgas.

La foto del esposo riendo.

Al año me enteré de que Fernanda había estado en un hospital psiquiátrico, en Porto. Un día salió de Lisboa, en su auto, y manejó durante horas. Luego llamó a su hermano a México. No recordaba nada. Ahí mismo la ingresaron. Llegó, por ese entonces estaba en San Francisco, su marido. Nadie supo lo que pasó. Salió al cabo de unos meses, casi restablecida, casi igual. Volvió a sus cajas, a sus experimentos.

Yo morí en la Baixa. Allí dejé a quien fui.

Ahora siempre uso condón.

GYMNOPEDIAS

Asómate si puedes al mar en sombras,
olvidando / el son de flauta para los
pies desnudos / que pisaban tu sueño
en otro tiempo, tiempo devorado.

GIORGOS SEFERIS

1

Volver a empezar: si lo dices en serio, sal a hacer *jogging* al parque; seis kilómetros reglamentarios a las seis de la mañana, a dos grados, tres años antes de cumplir cuarenta, doce kilos después de la última carrera, por primera vez de nuevo. A los diez minutos el oxígeno es una roca volcánica; sobre esa roca danza la memoria de tu piel. A los quince minutos, algo se arrastra hacia arriba desde los dedos de los pies: es la sospecha de que antes de adelgazar doscientos gramos podrías morir, entre dolor y fastidio y una frívola desesperanza, aquí mero en el parque, pretendiendo ser quien nunca fuiste. Algo casi tan ruin como sufrir una embolia entre las piernas de una puta o ser abaleado en la letrina de un western. A los veinte o veinticinco minutos cesa el malestar: *el aire se serena*. Pasan dos mujeres en licras apretadas. Gordas y, de algún obsceno modo, deliciosas. Después sale una morena flaca aislada en un traje de buzo: googles & walkman. Circula un tipo muy sólido bajo una chaqueta gris paseando a un perro de hermosa pelambre negra. Primero la envidia, luego la suplantación: tú eres ese perro, tú eres ese cuerpo bajo la chaqueta. No es posible de golpe endurecer los músculos del vientre. El pene sí: lo rozas levemente con el muslo hasta sentir en él la sangre tensa. *Paideia* y lujuria: *paideia* y lujuria. Danzas tu danza espartana sobre la porosa roca de la isla de ser, de la isla desierta que eres casi a los cuarenta.

Así: al menos seis kilómetros.

2

Mis viejos me regalaron con un organismo hecho para la guerra: sólidos huesos, pulmones profundos, carne que se regenera habilidosamente, un metabolismo que aun a esta edad me permite subir y bajar de peso sin apenas esfuerzo, un muy lejano portón en la zona de misterio que los doctores llaman «umbral del dolor». Nací, para mi desgracia, con un con-

trol remoto en el lugar del revólver. Usé el santo sepulcro que era mi cuerpo como un establo
musulmán: alcohol y drogas, internet, *popcorn*
frente a la tele. Soy el fantasma de un soldado
que recolecta flores en su cabello mientras los
señores de la guerra de(con)struyen al mundo
en consolitas Wii y conferencias vía satélite.
Soy el francotirador de mis sueños.

3

Jugaba basquetbol cuando era adolescente. Lo
hacía con torpeza, pero sudé la camiseta lo bas-
tante como para fingir algún grado de belleza. Mi profesor de Redacción me dijo un día, en
los pasillos de la prepa, que quería fotografiar-
me así:

—Recién salido del sauna de la cancha. Pero
desnudo y mostrándome la verga.

La maestra Eloísa me invitó a tomar té en su
casa y me hizo escuchar por primera vez las
Gymnopédies de Satie. Me preguntó si sabía lo
que significaba «concupiscente» (no: no lo sabía). Me pidió que la dejara olfatearme un poco
la cabeza, el cuello y los sobacos. Me sugirió
que lamiera el sudor entre sus pechos un poco
más abajo del escote, a la altura del broche del

brasier. Nos besamos por horas, pero no me permitió palpar zonas más profundas:

—Lo que hacemos lo harías con cualquier otra amiga. Lo demás no es posible, no soy una corruptora.

Yo entonces no tenía novia ni amigas con quienes hacer lo que hacía con la maestra Eloísa y mi única experiencia sexual había sido a los catorce, con la Taranga, la esposa del taquero que tenía su puesto al lado de mi casa (él tendría sesenta años; la mujer, quizá veinte): había venido a visitarme por caridad porque estaba yo enfermo de fiebre y mi mamá cumplía doble turno en los talleres de Teycon, donde trabajaba como costurera. La Taranga (a estas alturas, en mi recuerdo, se ha vuelto fea, pero sigue siendo joven) terminó usándome para desquitar cuentas pendientes que quizá tenía con su marido. Duró pocos minutos. Fue culpa mía, por supuesto. Recuerdo aún esa primera sensación dolorosa de que las emociones físicas acaban enseguida a pesar de que uno pensará en ellas para siempre.

Pero en la época en que la maestra Eloísa me pedía que lamiera entre sus pechos, un poco más abajo del escote, no acababa aún de asimilar esta desgracia simple que ha sido el eje de mi vida: el cuerpo en movimiento. Me sentía triste porque ninguna muchacha me quería; me alborozaba porque los viejos (en realidad eran personas más o menos de la edad que tengo yo ahora) deseaban tocarme; me concentraba, por encima de todo, en hacer pasar la pelota por el aro.

Inútilmente: siempre tuve el peor récord en tiros libres desde la línea.

4

Nacho y yo asistimos al último partido del *play off* de la zona norte: los odiados Sultanes de Monterrey visitan a nuestros Saraperos. En la puerta del Parque Madero hay hermosas modelos de Carta Blanca, Coca-Cola y Telcel. Inevitablemente mencionamos a Karla, la exedecán cuyo novio subió a youporn.com un video grabado con un celular donde ella le chupa el pito y exhibe un culo completamente abierto ante el espejo de lo que parece la habitación de un motel. Seguimos hablando de pornografía mientras adquirimos cuatro caguamas en vaso de plástico y rodeamos el patio exterior del Madero y compramos varias bolsitas de semillas e ingresamos a la zona de nuestros asientos, en preferente, cerca de la primera base. Antes nos sentábamos exactamente al otro lado del parque para insultar al Houston Jiménez, que además de ser *coach* del equipo cubría la antesala; pero desde que Derek Bryant llegó a los Saraperos, preferimos mudarnos más cerca del *daug out* (para ver si podemos insultar también a Derek).

Más de medio partido (llegamos a la segunda y ya estamos cerrando la quinta) transcurre tímidamente. Dos sustos sultanes: cohetes que Eduardo alcanzó a apagar con su guante en el jardín derecho; un robo nuestro de la intermedia a cargo de Noé Muñoz; pocos hits, mucha base caminada, tres o cuatro chocolates: lo habitual en un juego mediocre. Nos entretenemos bebiendo Carta Blanca y masticando semillas de calabaza y viendo en la pantalla gigante del estadio los rostros, pechos y traseros femeninos que los camarógrafos captan entre el público cada vez que el juego se pone aburrido; o sea, todo el tiempo.

En un plano abstracto, idealista, de absoluto esplendor moral, me siento sinceramente ofendido. Estos hombres, los dueños del estadio, son más viles que el novio de Karla, la exedecán de Telcel: traicionan a mujeres que pagaron su boleto para venir a contemplar a los héroes; las ofrecen como sucedáneos pornográficos a nosotros, los hijos de puta endomin-

gados de angustia que en un arranque de lucidez podríamos incendiarles el parque de pelota.
Y lo hacen sin el menor goce: exclusivamente
por ganar dinero.

(En un plano más realista, menos puro, cu-
chicheo con Nacho acerca de cuál nos ha parecido la más guapa del catálogo, de si alguna se
parece a Karla o a Naomi Watts o a cualquier
otra mujer que previamente hayamos imagina-
do o visto desnuda. Nos referimos a ellas como
si fueran perras o yeguas de una raza linda en
peligro de extinción.)

Hasta que (en la sexta) Christian Presichi da
un tablazo que nos deja sin habla y (en la sépti-
ma) salimos al patio a comprar margaritas y el
infaltable chicharrón de pescado y (en la octa-
va) estamos de vuelta, tan ebrios que dejamos
de entender lo que el otro está diciendo o lo
que sucede en el campo, e incluso nos resulta
difícil discernir las esbeltas figuras que la pantalla sigue recreando contra el fondo de la noche. Todo es turba, turba y gritos, cuerpos que
a veces rozan el tuyo al pasar entre hileras de
butacas, bats esgrimidos como cimitarras, po-
rras, torsos, torsos y cantos que sobre sí mismos
se curvan: como si fuéramos bárbaros muertos
y estuviéramos, en un trance de zombis, sa-
queando la ciudad.

5

Supe que había dejado de ser joven gracias a Jeny Winterhagen, una deportista amateur alemana. Ella tenía dieciséis años; yo, treinta. La conocí de un modo parecido al que suele describirse en las novelas del crack (salvo que mi historia no requiere de escenarios euroexóticos, sino que transcurre en una fea y amarilla ciudad mexicana): en los altos de un café con pretensiones intelectuales, traduciendo al alimón a Bertolt Brecht mientras escuchábamos canciones de los Tigres del Norte.

Era pelirroja y tenía la piel tan blanca y leve que podías apreciar, entramada en los hilitos de las venas, la perfección de su esqueleto. Era alta. Me dijo que le gustaba el café turco. Me confesó que tenía un lunar muy grande, en realidad una mancha, en la parte más alta del interior de uno de los muslos. Me explicó que había decidido dormir conmigo aquella noche.

Más tarde noté que nos tenía tomada la medida: había hecho lo mismo, en el transcurso de los últimos meses, con cuatro o cinco señores que fingían, igual que yo, aún ser jóvenes. Lo hacía porque eso le garantizaba su hospedaje y alimentación, además de haberle costeado un viaje a Real de Catorce, donde comió cierto peyote que al parecer no logró impresionarla demasiado. Lo hacía porque era más fuerte que nosotros. Supe todo esto porque ella me lo dijo. Agregó al final:

—Me dan gracia. Los mexicanos tan cachondos.

No le vi caso a explicarle que la nación que nos separaba era la edad.

(Principalmente porque, si esta frase suena cursi aquí escrita, imagínense lo que podría significar para una adolescente que se había decepcionado del peyote y tenía un lunar muy grande en la cara interior del muslo.)

Jeny la Pirata había llegado hasta aquí como capitana de un equipo de volibol. Formaba parte del intercambio deportivo entre el Tec de Monterrey y sabrá Dios qué escuela pública de Jena, en la provincia exoriental de Alemania. Se había enamorado de México como quien se enamora frente a los aparadores de una tienda departamental: asomándose al paisaje desde ventanales de autobuses que llevaban a un montón de chicas lésbicas y sucias de una ciudad a otra, haciendo clínicas deportivas en los distintos campus del Tec y jugando cáscaras de voli en las que invariablemente despedazaban a sus chaparras adversarias para luego tirarse a los estúpidos novios de sus chaparras adversarias en sanitarios erigidos con dinero que, de algún concupiscente modo, hace mucho tiempo perteneció a don Eugenio Garza Sada.

Cuando notó que la gira estaba a punto de acabar, se fugó. Así, siguió recorriendo este país mientras aprendía a besar en la boca de quienes más saben de eso, quizá por tratarse de una cultura cuyas mujeres son de una beatería tan extravagante que deviene oralidad *hardcore* (dicho todo esto en boca de Jeny, claro).

Se desnudaba fácilmente porque tenía la piel muy seca. Por las noches me pedía que la untara íntegramente de *cold cream*. Macerada de este modo, me permitía practicarle un tierno estupro que, más que de tacto, estaba hecho de gusto (un gusto a plástico salado por la presencia de la *cold cream*). Se excitaba muy poco: lo justo para que su orgullo no la tildara de frígida y su buena educación de campesina marxista luterana no le imputara descortesía para conmigo. Luego de hora y media o algo así, decía:

—Me encuentro algo fatigada —con su español de novela de Juan García Ponce aprendido en una prepa de ultramar.

La dejaba dormir.

Aunque sintiera yo todo el cuerpo inflamado como una pústula.

Un par de semanas más tarde se fue: se enamoró de una joven pareja de novios que recorría en jeep los desiertos del norte de México. Al despedirnos, junto a la puerta de mi casa, la tomé con ambas manos por el mentón y el cuello y, apretándola contra el muro, le susurré que la amaba. Ella sonrió. Entendió lo que estaba tratando de decirle: «Te deseo tanto que te mataría. Pero no voy a hacerlo porque sería una forma de poseerte, y no hay deseo más puro que el no correspondido».

6

Seis kilómetros. Necesitas unos googles y un walkman como los de la flaca. No es saludable correr entre cadáveres sin una escafandra.

LOS SENTIDOS

¿De qué manera esquivar su mirada o el roce de sus dedos? Shimamura observaba a la mujer llevarse la copa a los labios. Pequeños gestos, imperceptibles movimientos. Había algo de teatralidad: las luces del restaurante, la parsimonia del mesero, el cigarro en la boca de Shimamura; su dedo removiendo ligeramente los hielos de su vaso, la pequeña sonrisa, o la mueca que parecía una sonrisa. Hacía frío.

El ventanal y afuera los copos de la primera nevada.

Un pequeño rastro de unas pisadas en el sendero.

La mujer miraba con detenimiento un cuadro que estaba colgado en la pared de la izquierda. El fondo blanco, manchas negras y rojas que podrían ser letras fragmentadas o simples rasgos violentos. Los ojos de la mujer parecían encenderse al recorrerlo. Shimamura veía la nuca, el cuello, la caída del cabello de la mujer. El vestido negro hacía que su piel se viera más blanca, los pómulos más saltados; las ligeras pecas brillaban debido al vino que bebía.

Shimamura se levantó de su asiento, y al pasar a su lado, casi imperceptiblemente, rozó con los dedos la tela del vestido y unos cuantos centímetros de piel de la espalda, casi al azar o por descuido. La mujer se arqueó y lo vio por primera vez, sorprendida quizá por su gesto atrevido. Él continuó hacia el baño, esbozando esa sonrisa que era más como una mueca, pero sin mirarla, como si en realidad no le importara el suceso, como si de verdad fuera un accidente y no un acto preconcebido el suyo.

Había hecho contacto.

La música se escuchaba en todo el sitio. El barullo. Los platos. Los cuchillos que chocaban con los tenedores. El tintineo de las copas. El humo.

Shimamura tenía pocos días de haber llegado a Nueva York. Un profesor invitado para dar unas conferencias sobre arte japonés. Tres artistas suicidas, un movimiento armado con la conciencia de la muerte. Los tres habían preparado todo con una manera enfermiza. Primero un hombre, luego la mujer y después el otro hombre. Sus muertes se realizaron con seis días de diferencia cada uno y fueron filmados por ellos mismos. Era la última creación colectiva, la obra maestra póstuma. Shimamura había dedicado varios años al estudio de esos artistas cercanos a Nam Juk Paik e Hishikawa

Monorobu y Hokusai, si es que esa ecléctica combinación fuera posible.

El profesor estaría todo un semestre lejos de su lengua, de su casa a las afueras de Tokio, a donde llegaba luego de un viaje no muy largo en tren. Le gustaba ver a las mujeres a través de la ventanilla. Eran como fantasmas que entraban y salían de su campo de visión debido a la velocidad del tren. Su mirada estaba educada para detectar cualquier atisbo: un seno a punto de emerger, unos labios húmedos, las piernas abiertas de algunas adolescentes en breves minifaldas, la risa total de una mujer madura, las nalgas levantadas gracias al prodigio de algún pantalón. A Shimamura le gustaba anotar estos pequeños hallazgos. Escribía en su pequeño cuaderno y luego dibujaba eso que había llamado su atención. No era escritor, tampoco dibujante, pero tenía cierta habilidad, como la que él creía tener con las mujeres, aunque ambas habilidades las había educado con paciencia, con morosidad. Podía leer los registros internos, saber cuándo era el momento adecuado para aproximarse. A veces podrían pasar días o meses en acercarse a una mujer, en otras, sucedía casi de inmediato. Era esa cualidad suya para leer los registros femeninos lo que lo mantenía siempre alerta.

Al regresar del baño, dejó en el regazo de la mujer, con obviedad absoluta, el número de teléfono del hotel, de su habitación y su nombre, con un pequeño retrato de ella.

Ella sonrío divertida y guardó el papel.

¿Tiene la piel el mapa de los amantes? ¿Hay en el roce un desprendimiento del espíritu?

Hacía frío y él tomó un taxi rumbo al hotel.

Nunca había estado en Nueva York y lo asombraba la capacidad para desaparecer que imprimía esa ciudad en sus habitantes, tan distinta de los tumultos silenciosos y apresurados de Tokio. Esas gentes caminando sin un propósito aparente, o quizá: ir a trabajar y salir del trabajo. Autómatas fríos. El ruido de las ciudades siempre es diferente: son espíritus incluso a veces contrarios. No ensordecen igual Tokio o Londres, por ejemplo.

Shimamura dibujaba rápidamente en su cuaderno líneas que intentaban semejar el puente. De un lado Manhattan, del otro Brooklyn. Se abrigó un poco más mientras veía al chofer pakistaní acelerar. Shimamura intentó dibujar el perfil de la mujer del restaurante, la nariz un poco quebrada, el cabello negro, brillante; los senos que resaltaban con la risa fresca. Estaba habituado a dibujar así, con la rapidez producida por el taxi o el metro. Todo quedaba en preparativos, en dibujos rápidos a lápiz o lo que tuviera a mano: la pluma fuente, un bolígrafo. Nunca los continuaba en una tela. Eran simples borradores, igual que sus textos. Para él el mundo era como un borrador en continuo cambio.

Al entrar al hotel se dirigió primero al bar para tomar un último *bourbon*. Estaba vacío, así que decidió bebérselo rápido. Fue directo a su habitación y se tumbó en la cama con la ropa puesta. No se durmió. Pensaba en el cuello de la mujer con una insistencia dolorosa. Pensaba también en la imposibilidad de escribir sobre los recuerdos. Algo así había leído en el filósofo italiano que le gustaba. Incluso recordó haberlo anotado en una de las libretas que viajaban siempre con él. Agamben en una de las hojas. La cita precisa. Y del otro, los trazos de una mujer desnuda, sin vello en el cuerpo, con su pubis liso y el clítoris elevado como un pequeño vigía.

Shimamura abrió la ventana para mirar las luces de la ciudad durante un largo rato. Afuera, la nieve parecía una sábana sucia que cubría las banquetas, las calles. A lo lejos se veía a un hombre que caminaba con dificultad, quizá debido a la nieve o a la borrachera que parecía tener. Se detuvo a la entrada de un callejón y comenzó a vomitar a grandes arcadas. Una ambulancia, una patrulla, algunos autos que deambulaban como fantasmas. Shimamura se tiró de nuevo en la cama, hojeó una revista; luego, uno de los libros que había traído consigo. Intento dibujar un poco, pero volvió al de la mujer sin vello. Tocó el papel muy suavemente con las yemas. Intentó sentir el calor y la suavidad de un cuerpo verdadero. No había nada. Ningún rastro. No podía traer el olor, la dulzura de la piel, los gestos. Algo pasaba. Sin furia, sin prisa, empezó a masturbarse. Sintió demasiado frío, había olvidado prender la calefacción o quizá la había apagado. Se desnudó y sus venas eran como ríos azules a punto de desbordarse. Temblaba.

Sonó el teléfono.

Hola, soy yo, dijo la voz de la mujer al otro lado. Me gustaría que nos viéramos mañana por la noche, lo prefiero así.

Shimamura lloraba quedamente. Alcanzó a limpiarse con la sábana.

Dijo sí y colgó.

ASPIRINA

Vendo zaleas de borrego. Ideales para quienes practican meditación trascendental.

El letrero interrumpe el cielo sobre el periférico. Es una nube verdinegra, rectangular y podrida. Sentado en el asiento del copiloto, con mi cuaderno de notas en la mano, tardo un poco en entender y apuntar las palabras. La fiebre tiene esta clase de lucidez pachorruda. Quiero reírme, pero el rayo violeta que va de mi mandíbula a mi oreja es tan brillante que termino ovillado en el asiento. Sin aflojar la marcha de su Mazda (la perra tiene un Mazda; hace tres años sobrevivía cazando pingas al compás de un reguetón en el Diablito Tuntún), Lisandra me mira y dice:

—¿Quieres una aspirina, corazón?

No es pregunta ni frase. Es un automático balbuceo de cortesía. Un pañuelo de seda acetilsalicílica entre diversos calibres de cuchilla y mi cara, la cara de la nada. Le contesto que no con un escalofrío: ese era el balbuceo que farfullaba yo de niño cuando pensaba en matar a mamá.

Mamá se ganó la vida como laminadora en frío en la Planta Uno de AHMSA. Todos los días regresaba del trabajo prieta de polvo de metal, blancuzca de salitre, con los empeines rajados, las rodillas hechas nudo, las pantorrillas tiesas como un palote de echar tortillas. Me obligaba a masajearla con Frescapié toda la tarde mientras veíamos retransmisiones de telenovelas inmundas: *Una muchacha llamada Milagros*, *Rina*, *El extraño retorno de Diana Salazar*. De vez en cuando se escuchaban los gritos de papá jugando a las canicas con los niños de la cuadra. Me daba tirria que él sí tuviera permiso para salir a jugar.

—Es que a ti te quiero más —decía ella si yo protestaba, poniendo una cara que quería ser dulce, pero que siempre me pareció obscena.

A veces, mientras le daba masajes, me ensoñaba imaginando que mamá se caía en un alto horno y su cuerpo se consumía en el arrabio (en la escuela había visto unos amorfos dibujos de esas gigantescas latas para preparar caldo de acero). Era un ensueño de pesadilla porque en él yo me sentía tristísimo, casi con ganas de morir también, pero me consolaba jugando a las canicas con papá y con los vecinos.

A veces se quejaba de dolor de cabeza.

—¿Quieres una aspirina? —le preguntaba yo, imaginando que a lo mejor entre las pastillas del botecito se le había colado por accidente al boticario una para dormir o una cápsula de veneno como las que usaban en las películas de espías.

Apenas era de noche, me daba la merienda y me enviaba a la cama.

—Eres el niño más bueno del mundo —decía, reclinada sobre mí, antes de apagar la luz—. Un día diosito te va a dar muchos premios, porque no hay nada más santo en el mundo que alguien que ve por su madre.

Luego salía y me dejaba a oscuras. Yo seguía despierto un largo rato. Escuchaba la tele a través de los muros e intentaba imaginar un rostro y una situación para cada personaje. Escuchaba las voces de los niños vecinos burlándose, en la calle, de las estupideces de papá. Repasaba los planes para que ella muriera hasta que la tristeza o el sueño me doblegaban.

—Ven acá, ya deja eso —dice Lisandra—. No puedes más, papi. De veras —tantea sobre el tablero hasta dar con la receta—. Tienes que inyectarte esta fulana cetri...

—Ceftriaxona.

—Sí.

—Y el paracetamol.

—Ya deja tu cuadernito, niño, escúchame. Tienes que tomar medicamentos y darlos a tu mujer. Porque, mira, Cecilia, con ese cuerpo de sabandija que tiene, no te va a aguantar la broma hasta que se te hinche el huevo, ¿eh? Mañana pleno da el tablazo y a ver qué tú haces con el cuerpo.

Nos cortamos del peri por una lateral antes de llegar al embotellamiento que generan las obras del puente nuevo. Lisandra se detiene a surtir mi receta en una farmacia Guadalajara. Yo me quedo en el coche con la cabeza contra el vidrio, repasando mis notas. Las manos me laten. Siento una espiral prensándome el pecho y la cabeza, una espiral saliéndoseme por la boca como una boa de vapor. Me debe de haber subido a 39. Que se vayan a la verga: no voy a tomar nada. Cecilia tampoco.

Lisandra desprecia el cuerpo de Cecilia; ese es el único rastro que conserva de haber sido mi mujer.

Llegué a La Habana para dar un concierto como bajista de Daddy Dadá. Pichuleamos en la Plaza de la Dignidad con Elvis Manuel y Gente de Zona. Había cincuenta o doscientas o doscientas mil banderas negras con una estrella blanca en el centro (el número varía según el patriotismo del cubano que te habla de ellas) de espaldas a la oficina de intereses gringos, ondeando sobre nuestra cabeza y haciendo un ruido del carajo durante toda la función. Sentí que había llegado a una isla caribeña de piratas desalmados, pero con buenas intenciones. Piratas con amnesia colectiva a corto plazo: a cada rato izaban su bandera corsaria, como si fueran a evitar con eso que el inmisericorde comandante inglés les rajara a su madre igual que a Barbanegra.

Apenas concluido el show, los músicos de Daddy Dadá salimos corriendo, como buenos mexicanos, en busca de las putas. (Un mexicano es fácil de reconocer en La Habana, nos explicó el taxista: es barrigón, es exigente, es tacaño, se viste bien, hace blin blin, pregunta dónde están las pirujas más güeritas.) Nos llevaron en una van china hasta el legendario Diablito Tuntún: otra vez reguetón, ¡ah!, que tú escapes por la ventana de un segundo piso para librarte de esa música infame, y hasta te piden autógrafos, me-lleva-la-chingada: yo era un hartista y lo que he codiciado me ha hecho dos raperos.

Lisandra estaba en la puerta del antro, con sus casi transparentes ojos y sus ligeramente pecosos pechos, moviéndose con más gracia que una teibolera de Las Vegas (colectivista y afable: «tú no eres tacaña, tú repartes») y pidiendo monedas de un cuc para completar su entrada. Le pagué el pase, le invité un Red Bull y a los quince minutos ya estábamos de vuelta en la calle. El Ford destartalado de «su primo» nos llevó hasta el medio muerto portal de Centro Habana, donde «su tía» le prestaba una habitación (con tele y con antena que captaba los canales de Miami) para estar con «los amigos».

Pagué por adelantado.

Lisandra me dio un condón. Le dije que primero quería darle sexo oral. Se desnudó sin decir nada. Se tendió boca arriba, abrió las piernas y me dejó hundir el rostro en medio de ellas. Sentí, rozando con la mano los vellos de su vientre, cómo iba excitándose poco a poco. Hubo un momento —el más intenso que vivimos juntos— en que su espalda se arqueó y sus dedos rozaron muy suavemente mis cabellos. Fue apenas un segundo. Luego se enderezó de un golpe, cogió el condón que yo había puesto en el buró y me dijo:

—Ya: póntelo y córrete.

—¿Por qué?

—Porque tú eres turista; no me puedes tocar así.

—¿Por qué?

—Porque a mí los turistas me dan asco.

Me ofendí tanto que de inmediato me surgió la idea de casarme con ella. Quería traerla a rastras a México, encadenarla al muro de un patio sin sombra, obligarla a fregar los pisos, enfundada en un short de mezclilla que me permitiría apreciar cómodamente (desde un imaginario *reposet* de encomendero criollo y posmo) sus piernas y sus nalgas.

Le dije «O. K.».

Me calcé el preservativo y acabé dentro de ella lo más rápido que pude.

Lo de menos fue cortejarla: a los tres días ya éramos novios formales. Me puso nada más dos condiciones: que no se enterara todavía «su primo» y que la dejara asistir al Diablito Tuntún igual que siempre mientras la visa pasaba. Me pareció razonable. La tarde en que tomaba yo el avión de vuelta a México, Lisandra me llevó a pedir su mano. El padre lloró.

Nos casamos. La saqué de Cuba y, por unos meses, vivimos juntos en mi antiguo departamento. No tardé en darme cuenta de que iba a ser imposible humillarla, odiarla, enamorarme de ella: Lisandra es la persona más dulce que conozco. Tiene también el sebo de un cerdo y la dureza de un martillo: todo se le resbala, todo lo amella. Por otra parte, el aura sexual que exudaba cuando la conocí, desapareció por completo apenas puso un pie fuera de la isla. Fue como si su cuerpo descansara o envejeciera o se vaciara de sí mismo de pronto.

Un día consiguió trabajo (lo puta no le quita lo culta: es nutrióloga por la Universidad de La Habana y habla cuatro idiomas). Me dijo, poniéndome en la entrepierna la palma de su mano abierta en señal de paz: «Mi *amol*, cariño, tú y yo ya no tenemos más nada que hacer juntos». Cogió sus cosas y se mudó a vivir con una amiga mía.

Lisandra vuelve al coche con la bolsita de medicinas. Le pregunto:

—¿Cuánto te debo?

—No me jodas con eso. Mejor tómate la dosis y deja de estorbarme con las idas y vueltas al médico. Cualquier mañana se me agota la paciencia.

Vendo zaleas de borrego. Ideales para quienes practican meditación trascendental.

El ibuprofeno es un antiinflamatorio no esteroideo utilizado para el alivio sintomático del dolor. Ocasionalmente produce vómitos, diarrea, estreñimiento. Quienes lo consumen en lugar de la aspirina, afrontan un mayor riesgo de ataques cardíacos o accidentes cerebrovasculares.

La ceftriaxona es una cefalosporina de tercera generación para uso parenteral contra gérmenes gram-negativos serios. Penetra a través de la barrera hematoencefálica, lo que la hace útil en el tratamiento de la meningitis. Su espectro no es eficaz frente a las *Pseudomonas aeruginosa*. No debe ser mezclada físicamente con otros medicamentos. Puede producir neurotoxicidad si es administrada en forma simultánea con aminoglucósidos.

El ácido acetilsalicílico inhibe la actividad de la enzima ciclooxigenasa, lo que disminuye la formación de precursores de las prostaglandinas y tromboxanos. Puede inducir broncoespasmo en pacientes con asma. No deben consumirlo niños y adolescentes con cuadro viral debido al riesgo de aparición del síndrome de Reye, que suele ser mortal.

«¿Quieres una aspirina?» es una pregunta venenosa.

Un día, mamá y papá discutieron sobre la mejor forma de colocar una viga. «Así», decía ella. «No, así», decía papá con vocecita de berrinche, y le daba la vuelta. Yo estaba sentado en el piso, muy cerca de ellos, jugando a los monitos con las herramientas. La viga se les fue de las manos y vino a aterrizar en mi cabeza. Me pusieron un parche, me retacaron de píldoras y me compraron una cubeta de helado de vainilla. Mamá le dio a papá de cintarazos y lo mandó a dormir a la perrera.

Lisandra vira en Pedro Aranda y emergemos en el coche a la colonia Bellavista, la zona más alta de la ciudad. Abajo, en una dura piscina rojiza, nada la cantera de la catedral de Santiago Mataindios erigida entre 1745 y 1800 con los magros dineros de los ricos del valle de Zapalinamé.

Soy el hijo y heredero de un hombre de leyenda: Santiago el Cavernícola, el jipi, el *guitar hero*, el gemelo mestizo de Robert Plant que vendió su Chevy Nova para comprarse un coyote que lo llevara a las estrellas, al país de las barras y estrellas, *the house of the raisin'sun*, el lado oscuro de la luna: soy el hijo y heredero de un bello mexicano que se fue de mojado a California. No para pizcar tomate, sino para convertirse en un ídolo del rock.

Santiago el Cavernícola salió del barrio del Alacrán mucho antes de mi nacimiento. Empacó dos mudas de ropa y la *twelve-strings* Takamine que había comprado de segunda en una pulga. Entre las adolescentes que se quedaron suspirando por su ausencia se contaba mi mamá.

Hay una gota de sangre temblando en lo blanco de mi ojo izquierdo. No la veo: la siento. Trato de girar hacia adentro la pupila. Ya sé que no se puede. Trato. Debo andar frisando los 40 grados. Necesito una ducha para bajarla sin pastillas.

Nadie en el pueblo supo de él durante años. Hasta que un chofer de los transportes para obreros de la siderúrgica se lo topó pidiendo *raid* en la carretera 40, cerca de Cuatro Ciénegas. Dicen que les costó trabajo reconocerlo: se había rapado a cuchillo las cejas y la melena. Traía una bolsa de mujer con un fajo de billetes: veinte mil dólares. Hablaba confusamente de san Francisco de Asís y se ocultaba de los árboles porque, decía, intentaban reclutarlo para ir a la guerra.

Ideales para quienes practican meditación trascendental.

Todos se dieron cuenta de que se había quedado en el avión de un ácido y, sin embargo, durante algunos meses volvió a contarse entre los jóvenes más populares del rumbo. En parte porque, al crecerle un poquito el cabello, las cicatrices del cráneo no se notaban tanto y su morena cara seguía siendo hermosa. En parte porque, para los estándares del barrio del Alacrán, veinte mil dólares eran una fortuna.

—Apúrate —le digo a Lisandra—. Tengo que ponerme bajo la regadera.

—¿Otra vez? —y me palpa la frente con la mano que usa para meter los cambios—. Vas a tomarte el puto paracetamol.

Fue gracias a la locura del ácido que mi madre, una muchacha tímida y fea, logró seducir a Santiago el Cavernícola. Se casaron. Nací yo. Para cuando empiezan mis recuerdos, ya la mente de papá había salido de su etapa infernal. Se estacionó entre los ocho y los diez años y tuvo esa edad emocional hasta el día de su muerte. Fuimos grandes amigos. Me enseñó varios trucos para copiar en los exámenes. Era el mejor rival jugando a Atari. Se convirtió en un verdadero patán de las canicas.

Mi madre, sin embargo, no pudo perdonarle nunca que se hubiera destrozado la cabeza antes de dejar que ella le hiciera el amor.

El coche se detiene. Mi casa. Reja negra. Su jardín masacrado a patadas en un arranque de infección gástrica. Cecilia está en la puerta. En piyama. Pienso: Si continúa siguiéndome la corriente con esto de experimentar adrede enfermedades febriles, se va a matar. Y Lisandra, de nuevo:

—Tienes que tomarte el puto paracetamol. Tienes que inyectarte ahora mismo.

Estoy entrando en el nirvana de la fiebre: la zona de paz donde se quiebran los termómetros y la sangre se riza debajo de los párpados y la materia (esa madura gelatina) comienza a silenciarse.

Cecilia.

Vendo zaleas de borrego.

Una marea de explosiones o murmullos des-tazándome como si yo fuera un santo.

SERIE B

.

UNA HORDA DE LOCOS

Fotografía grupal de internos en el manicomio
de La Castañeda.

1) Informe de Yam Luh Park, infiltrado en el
comando Setecientas voces: «Envío jpeg en
baja de los sicarios recién reclutados. Desco-
nozco aún la identidad de Brahma; no pude
penetrar su primer círculo pese a los vergon-
zosos artículos que he venido publicando. Le su-
gerí posar para esta imagen. Se colocó junto al
grupo, mas no permitió el registro de su rostro:
ordenó que la toma incluyera su brazo única-

mente (en clara y sangrienta alusión a la cos-
tumbre de enviar por correo las extremida-
des de)». El mensaje se interrumpe. Consul-
tado por esta embajada, el capitán Clayton
consideró que existen bajas expectativas de
que nuestro colega permanezca con vida.
FTRZZ--- 12/16.

2) Antonio Fabrés, a la sazón director de la Aca-
demia de San Carlos, aparece representado al
extremo izquierdo; lo acompañan alumnos y
maestros de su preferencia. Fechada en 1906
y conservada sin firma, la pieza ha dado lugar a
recientes polémicas entre los historiadores: el
joven sentado en una silla es, al parecer, Diego
Rivera. Esto echaría por tierra la versión de que
el muralista abandonó la escuela en 1902 como
reacción contra el academicismo y apoyaría el ru-
mor de que el propio Fabrés lo ayudó a conseguir
una beca para radicarse en Europa desde 1907.

3) El comandante nicaragüense Adán Jardiel minutos antes de su fusilamiento. Aparece en compañía del pelotón que habrá de ejecutarlo (según testigos, el propio Jardiel conminó a los
soldados a unírsele en su última voluntad a fin
de mostrar su desprecio a la muerte). Lleva un
Stetson de ala corta, una pañoleta sobre la fren-

te y un cigarro en los labios. De su pecho pende el pequeño tablero donde solía dibujar los planos de sus avances militares. Aunque el sargento del pelotón sonríe a la cámara, los soldados lucen confundidos, avergonzados incluso. Uno de ellos se muerde las uñas. Otro conserva la mirada en el suelo.

4) Recuerdo de mi actuación en la película *Major Dundee*. Salen Esqueda y el Papo Vasconcelos, que de mojados nos aventaron en blandito, alabado el Altísimo por guiar nuestros pasos y llegar a ser extras de una superproducción. Nos acompaña el patrón don Chaldon Geston disfrazado con la gorrita que usaba con las putas. Salen también dos güeros de olvidado apelativo, chiludos ellos para jugar la pólvora. Y hartos indios descalzos que a diario los mataban. Del año no estoy cierto. Fue cuando hubo la guerra de los gringos del sur contra gringos del norte. Ahí no, que hasta un pelado le sorrajó un balazo al presidente Kennedy.

5) Estado Mayor del coronel Catalino Cerralvo tras la toma de El Anhelo (16 de mayo de 1914). Salvo el propio coronel, quien antes de posar mandó traer una silla y se bañó en las aguas termales que abundan por el rumbo, los oficia-

les aparecen tal y como volvieron de la batalla. La arrogancia del comando duró poco: apenas concluida la sesión fotográfica, tropas de la División del Norte arribaron a El Anhelo en su marcha sobre Paredón. Ningún líder reconoció a los cerralvistas como gente propia; confundidos con rurales afectos a Muñoz, Catalino y sus hombres fueron masacrados por la caballería villista. (R. Ayuntamiento de Ramos Arizpe.)

6) El matador Olimpo Cesaraugusta recién resucitado y poco antes de volver, ya inmortal, a los páramos de la putrefacción. La imagen fue captada en Barbapared, Colombia. Su autor es un Gabriel García, reportero que hizo en tren el recorrido desde Cartagena de Indias para cubrir la tan esperada tienta. Acompañan al diestro su apoderado, Manuelito Vidal; el teniente coronel Gildardo Lira; los gemelos Magaña, picadores de confianza; más de tres patarrajada aficionados a la fiesta; y el anfitrión: don Danilo Villaespesa. El Olímpico venía a cumplir milagros tras de que, seis meses antes, hubiera rodado frente a Patagón sobre la arena de Cataluña. Voces muy serias relataban que el torero había salido del coso por su pie, pero saltando en los talones, haciéndose un ovillo con la sangre y las vísceras; que de las manos le escurrían

dentros tal si un matarife le hubiera echado la pava a punta de puñal. Enterado del suceso, don Danilo, quien idolatraba las suertes del maestro, puso tiempo y fortuna al servicio de su salvación. Fue así que los mejores médicos (si no del mundo, al menos de la España) curaron al torero hasta dejarlo enjuto y recto, luminoso, tal como había ingresado por vez primera a un ruedo. Agradecido, Olimpo prometió no volver a torear hasta no compartir su capote con el patrono Villaespesa lidiando al alimón. Finalmente el día llegó; luego de breve lapso destinado al registro en nitrato de plata y a charlar con la prensa, ambos hombres se plantaron en mangas de camisa y recibieron —consigna el reportaje— «a una floja vaquilla que ni bien portaba nombre». Rumbo a la tercera o la cuarta embestida, don Danilo jaló con tal fuerza el capote que dejó desvalido a su admirado matador. El pitón de la ternera ligó apenas el muslo, pero con tal cizaña que desgarró la femoral. Antes de ser llevado a hombros hasta la casa grande, Olimpo Cesaraugusta estaba muerto.

La foto se conserva en los archivos de *El Heraldo*, en Cartagena de Indias. Al reverso, el tal Gabriel García puso la fecha: Noviembre del 49. Y una frase: «Los panteones son testigos: no somos más que una horda de locos».

7) Se informa a esta comisión que el segundo hombre de derecha a izquierda captado por la lente de nuestros servicios responde al nombre de Daniel Sánchez Lumbreras, número de empleado 03154-6, telegrafista, primer vocal de la sección sindical número 8 de los Ferrocarriles Nacionales de México. Se autoriza al capitán [ilegible] a interrogar a este individuo en el hangar [ilegible] del campo militar [ilegible]. Se le advierte asimismo que, aunque puede usar toda la fuerza disuasoria que considere oportuna, esta secretaría no tolerará más apariciones de cadáveres de travestis violentados sexualmente por «malhechores no identificados». Esto con respeto a las buenas costumbres y el prevalecimiento de los valores morales. Fuera de tal recomendación, el capitán [ilegible] podrá proceder como le dicte su criterio a fin de evitar que el individuo en cuestión se empecine en su delito de disolución social. Atentamente, «sufragio efectivo, no reelección», [firma ilegible].

8) Recuerdo de mi graduación de la escuela preparatoria (verano de 1932). Nota de 1996: Hoy me enteré de que Arnulfo González, último sobreviviente de mi juventud, ha muerto comido por un cáncer de próstata. Me alegré: fi-

nalmente entiendo por qué en este retrato yo salgo con la vista clavada en el piso.

9) Fotograma de la película *Ebaki to ne naguchi* (*Doce guerreros sin honor*), *remake* japonés de *The dirty dozen* dirigido y estelarizado en 1983 por el filósofo y monje zen Kamamura Negi. Kamamura (abajo a la izquierda) eligió para sí el rol que Charles Bronson representara en la versión original. El pensador ha declarado que, más que un producto fílmico, *Ebaki to ne naguchi* es para él una máquina de expiación, una búsqueda de la Iluminación a través de la mentira (según la película, Japón triunfa en la Segunda Guerra Mundial y posteriormente derrota a los nazis, los bolcheviques y los chinos), un ejercicio consciente de la violencia extrema y una renuncia personal a todo sentimiento de pacificación. Aunque confinado en los videoclubes a la sección de cine B para adultos debido a sus escenas sangrientas y su extraña carga sodomita, el filme es considerado por los expertos como una obra maestra de la cinematografía japonesa contemporánea, así como pieza clave para la enseñanza del budismo zen. (Más información en www.imdb.com.)

10) ¿Cómo se reconoce al guardameta mexicano? Es el que está mirando siempre hacia otro

lado. (Eso me dijo el técnico después de los penales. Le contesté que al menos esa vez habíamos disputado la final, y no precisamente con su ayuda.) Regreso mañana, todavía no sé en cuál vuelo. Foto oficial y besos, H.

11) Hank Williams en el penal de Malaboquita, Durango. Está sentado en cuclillas. Lleva un sombrero de palma que le queda un poco chico. Parece sostener entre las manos una armónica. Acaba de cumplir sesenta y cuatro años. (Cortesía de Pakistán Records.)

12) Los jóvenes empresarios tamaulipecos Ernesto y Raúl Salvá (sentados y descalzos, extrema derecha) posan junto a su colección de agentes federales. Las piezas se deben al taxidermista francés Jean Verme (de pie, extrema izquierda). Revista *Patios espectaculares*, número 57, marzo de 2008. Fotografía: Daniela Rosell.

13) Arlin Vadeker, *Dios y su pandilla de arcángeles* (25 × 14 cm, tinta sobre papel). Conservada en la Tate Gallery de Londres, esta pequeña pieza ha sido objeto de encendidas discusiones desde que su creador (un oscuro dibujante suizo afecto a la Ezuversidad de Rapallo) lo exhibiera en Venecia en el otoño de 1935. Llama la

atención, en primer lugar, la elocuencia paradójica que Vadeker concede a la figura de Dios: se le muestra al fondo de la composición, cruzado de brazos, en un segundo plano, mas ejerciendo la atracción que le concede ser el punto de fuga. La representación de los arcángeles es también inquietante: algunos son definidos por su oficio (un torero, un militar, un artista, un maquinista); otros, por su condición racial (negros, rubios, morochos, orientales). Uno de ellos (quizá el más enigmático en términos de estilo: aparece de pie, escasamente detallado, con las manos en los bolsillos y tocado con un peculiar sombrero) parece influido por las tempranas piezas del muralismo mexicano, movimiento escasamente difundido en Europa por aquellas fechas (Susan Lewitt ha escrito un lamentable ensayo para *The Bradock Review* en el que intenta, con poca fortuna, trazar paralelismos entre el arte figurativo de Vadeker y la escuela mexicana). Otro detalle digno de mención es la forma humillante en que fue plasmado el arcángel Miguel, comandante de las huestes celestiales: se le nota gordo, viejo, de tez oscura, con dos gotas de sardonia tensando sus mejillas. Es el único personaje que aparece cómodamente apoltronado.

Algunos críticos presumen que el rostro de Dios fue realizado a partir de un retrato juvenil de Ezra Pound. Siguiendo esta lectura, la corte de arcángeles representaría a su vez a los creadores que por aquella época evidenciaban su adicción al autor de los *Cantos*: Eliot, Joyce, Ford Madox Ford, George Antheil, Olga Rudge y Henri Goudier-Brzeska, entre otros.

Vadeker nunca suscribió ni desmintió tales especulaciones. Pasó la mayor parte de su vida sin hablar del dibujo hasta que, poco antes de morir, le confesó sin entusiasmo a un periodista: «Quería yo, queríamos, volver la cara y mirar, sin la máscara de Dante, el paraíso. Fracasé, como cualquiera de mi tiempo. Fracasamos: buscábamos la radiografía del corazón del universo y solo hallamos esta foto de un hospital psiquiátrico inmundo».

CLEMENTINA

—¿Bueno?

—Nos la hicieron de nuevo. Esta vez amarraron los restos a la reja.

—¿Bueno?

—La distingo clarito: le da toda la luz de la farola.

—¿Quién es?

—Es Clementina. La reconozco por el tono de su pelo y por el blanco percudido de sus botas.

—¿Don Juanito?

—Pero fuera de mí y de Berenice nadie va a reconocerla. La dejaron totalmente desgraciada.

—Es usted, don Juanito.

—Ni su madre, doctor.

—¿Sabe la hora que es?

—Casi está amaneciendo. ¿Ahora sí va a ayudarnos?

—Pero ¿a qué?

—Pues a salvarlos.

—Ya le dije que llame...

—Lo intenté. Pero no. Nada más se quejaron del olor a excremento y me hicieron firmar unos papeles.

—Se quejaron... Claro.

—O sea que va a ayudarnos.

—Si como dice, Clementina está muerta...

—Más que muerta, sí señor.

—Entonces está fuera de mi alcance. Mi trabajo es velar por la salud de sus mascotas. Nada más.

—Por eso. Deles algo.

—¿Cómo «algo»?

—A mis gatitos.

—Lo más simple sería que no tuviera tantos.

—Deles algo, doctor.

—¿Para ponerlos a dormir? No a todos, claro, solo a algunos.

—Eso no. Mejor algo más potente: veneno. Pero a todos.

—¿Se refiere a exterminarlos?

—Eso. Sí. ¿Qué tal untarles veneno en sus garritas?

—¿Untado? ¿Para qué?

—¡Ah, no! ¿Y si luego se lamen? Tiene razón, doctor. Mejor algo más práctico. Que les permita defenderse sin que ellos corran riesgo.

—¿Cómo «ellos»?

—¿Qué tal ponerles en las patas un injerto metálico? A Berenice le encantaría porque le privan las joyas. ¿Qué le parece una navaja de platino?

—¿Está usted delirando?

—No. ¿Se podrá de perdido un bisturí?

—¿Está loco? ¿Llama de madrugada pidiendo que lo ayude a planear un delito? Y ni siquiera eso: me sale con absurdos que no dan ni para una película de horror.

—Son criminales, doctor. Ahí afuera hay un cadáver destazado.

—Pues yo no soy ni redentor ni policía. Y mucho menos me interesa hacer de réferi entre usted y sus vecinos. Haga el favor de no llamarme si no tiene un gato enfermo.

La llamada se cortó.

Juan permaneció de pie en el centro de la sala, con el auricular entre el mentón y el hombro y el tono de ocupado zumbándole en la oreja, hasta que el coro de maullidos atrajo su atención. Bajó la vista: un espeso amasijo de gatos se apiñaba a sus pies. Levantó a uno, le besó el morro y lo depositó con cuidado en uno de los sillones. Miró de nuevo a través de la ventana; comenzaba a clarear.

Fue a la cocina. Extrajo del fregadero unos guantes de plástico, un cepillo y un botellín de cloro. En el cuarto de lavado llenó a medias una cubeta de agua. Salió al jardín. Se calzó los guantes, desató el cuerpo y aseó sin prisa la banqueta y el portón. Luego envolvió los desperdicios en una bolsa desechable y se dirigió, a través del pasillo sin techo que bordeaba la casa, al cuarto de los trebejos.

Recorrió la habitación a tientas porque la luz del amanecer aún no la iluminaba del todo. Echó los restos dentro de una vieja estufa de leña que su mujer había equipado con el quemador de un bóiler para habilitarla como incinerador. Cerró la trampa de acero y giró la perilla.

Antes de ver encenderse la flama notó con el rabillo del ojo que un bulto se agitaba a su izquierda, en un rincón del piso. Poco a poco la luz del día iba aclarando los objetos y los muros. Juan se dirigió hacia aquella presencia, se acuclilló a su lado y la zarandeó. Un rayo de sol despejó las últimas sombras. El bulto era una mujer. Estaba amordazada y atada de pies y manos a los salientes de una tubería.

Juan revisó que los lazos estuvieran firmes. Luego se enderezó, tomó impulso y le hundió una patada en las costillas.

—¿Sabes qué estoy quemando? Son los restos de mi pobre Clementina.

La mujer lo miró con ojos fríos, sin lágrimas.

—Esto es obra de los tuyos. Pero ni creas que te va a durar el gusto: solo espera a que despierte Berenice y se entere.

CASI UNA NOVELA

A HARD RAIN'S

Empezó a cogérsela mientras sonaba «A Hard Rain's A-Gonna Fall» de Dylan. El cantante que ella odiaba por esa voz desagradable, decía, por ser de *clochard*. Caía una lluvia precipitada, fuerte. Fuzzaro tenía agarrada a la mujer de las nalgas; ella se había inclinado sobre la mesa, las piernas abiertas, los brazos extendidos en la madera, el perfil izquierdo de su rostro recargado en medio de ellas. Gemía, abría la boca. Fuzzaro se movió con más fuerza, como si quisiera dañar a la mujer; ella intentó agarrarse del otro extremo de la mesa, sus manos se tensaron, abrió más la boca. La canción de Dylan, la voz del cantante estadounidense, el preferido de Fuzzaro, o uno de ellos, resonaba melancólicamente en el apartamento. De pronto, la mujer comenzó a moverse en espasmos rápidos, curvos; se mordía los labios, caían gotas de su sudor en la mesa. Había en la imagen algo ridículo, pero también amoroso. Podría ser un cuadro de un pintor hiperrealista o una fotografía que se detuviera en colores chillantes. Un hombre de pie, con los pantalones caídos,

67

la camisa semiabierta, y una mujer con la falda en la espalda, las bragas alrededor de uno de los zapatos, el suéter negro pegado a la mesa, los zapatos de tacón sosteniendo sus piernas y un culo hermoso, blanco, solo marcado ligeramente por las nalgadas breves, precisas, que le daba Fuzzaro. Los espasmos. La lluvia afuera. La voz de Dylan en otra canción. Los gemidos de la mujer. El silencio de Fuzzaro. Los movimientos se alternaban, a veces muy rápidos, violentísimos, luego muy despacio: casi se podían sentir las venas rozar las cavidades de la mujer. De Dylan, el estéreo cambió a Davis, Miles Davis, *Kind of Blue*. Métemela más, susurraba la mujer. Así, cariño. Fuzzaro guardaba silencio, parecía concentrado en otro mundo. Un mundo quizá distante, enrarecido por la fiebre que a veces parecía tener. Una fiebre en sordina, una fiebre, pero no corpórea, quizá mental. La mujer volvió a moverse espasmódicamente: ahora se chupaba uno de los dedos. Fuzzaro hizo un movimiento rápido, con fuerza, que terminó por dañar a la mujer: de sus ojos salieron unas pocas lágrimas, pero le pidió que no parara. Gemía, y al fondo la trompeta de Miles parecía querer llevar el ritmo de la pareja. En algún momento dejó de llover. Ya no caían esas gotas pesadas, como piedras o mazos aéreos, que acostumbraban golpear la ciudad. Fuzzaro se inclinó hacia la mujer, se acercó a su oído y susurro algo. Ella rio y se agarró con más fuerza a la mesa. De sus piernas corría un líquido transparente, viscoso. «All blues» era lo que escuchaban ahora, la mejor pieza del álbum. Con cada embestida, Fuzzaro lanzaba la cadera hacia adelante, haciendo que la pelvis chocara con las nalgas de ella y se produjera una especie de chasquido que los divertía a ambos. No puedo más, dijo ella. Ya vente, por favor. Fuzzaro la tomó con más fuerza y violencia, sin ruido alguno, y luego se quedó quieto, inmóvil encima de la mujer. Ella reía quedo, con pequeños temblores.

¿Y ahora?, le dijo ella. ¿Ahora qué? Miles seguía resonando en la casa y él se limpió con rapidez, en un movimiento mecánico. Tengo hambre, dijo ella. ¿Me preparas algo, corazón? Fuzzaro asintió con la cabeza y se fue a la cocina para buscar algo. Sacó un vaso, unos hielos y se sirvió un bourbon. ¿Quieres?, le dijo al tiempo que le enseñaba el vaso a través de la puerta entornada. Ella negó. Ahora estaba sentada en el sofá gris, repantingada, las piernas abiertas y encima del sillón, en una postura que le gustaba a Fuzzaro. Tenía un libro abierto en la mesa pequeña, lo veía con deleite. A ella le gustaba ver los libros de arte. Podía pasar horas así. Detenida en una página. Analizando con detalle cada trazo. O también le gustaba ir con Fuzzaro a recorrer los museos, abrazados, sin prisas. Ella amaba la pintura, la fotografía. Ahora observaba unas fotografías de cuerpos mutilados, demasiado violentas. Pero todo era un montaje del artista. Le gustaba provocar a las buenas conciencias. La mujer había aprendido, poco a poco, mucho de lo que sucedía en el arte contemporáneo. Le gustaba. Sabía de corrientes, de movimientos y tenía algunos artistas predilectos. Araki, Pipilotti Rist, Freud, Sicilia. Iba de un estilo a otro, como ahora, que hojeaba una página y pasaba a la otra. ¿Ya está listo o te falta mucho, corazón?, le preguntó a Fuzzaro. Ya casi. Había una foto. Una mujer tirada en el piso, quizá muerta, con grandes heridas en las piernas y una que cruzaba todo el vientre. El color de la muerta era blanquecino. Atrás de ella estaba una pared gris y una sola letra, pintada con mucha rapidez: todavía podía notarse el momento en que quedó detenida la tinta que escurría. Era una gran *T*, como una cruz o algún signo oriental. La postura de la muerta, su rigidez, contrastaba con esa *T* que parecía tener una vida propia.

De la cocina salían los olores de los guisos preparados por Fuzzaro. Una simple pasta con tomate, albahaca y parmesano, y una ensalada de pera asada y queso de cabra. Para que ella escogiera, o se comiera las dos cosas. Salió con los platillos y los puso al lado del libro, luego se sentó a un lado de ella. Le movió uno de los pies para tener algo de espacio. Ella le dio un beso rápido y siguió viendo el libro y tomando al azar de ambos platos. Gracias, le dijo con la boca llena. Fuzzaro levantó su vaso para agradecer y se dio cuenta de que no le había servido nada. Fue rápido a la cocina y tomo una botella de tinto y le sirvió una copa.

Fuzzaro solo quería ver a la mujer. Le gustaba observarla, en esos movimientos de libertad que él no se permitía. Su mirada se detuvo en las piernas de ella. Ahora era Monk quien salía desde el estéreo, una y otra vez. Fuzzaro estiró la mano para acariciar la pierna de la mujer. Lo hizo con suavidad, lento.

Te quedó muy rico, dijo ella. Él asintió. La miraba, pero como pasaba con frecuencia en cualquier situación, terminaba por perderse. Un sonido, una palabra, cualquier cosa lo llevaba a otro lado. Era un estar sin estar. En esos momentos, algunos segundos, quizá, o un minuto, él no existía, dejaba de ser o era de otra manera, distinta.

Le gustaba coger con ella. Le gustaba ella. Ciertas maneras de cruzar las piernas, sus extrañas combinaciones para vestirse, la forma de reír, o comer, o eructar a propósito, delante de él. Pequeños gestos, insignificantes cosas que eran, de alguna manera, entrañables. Pero no se lo decía, prefería guardar esos largos silencios. Su propia mudez lo dañaba. Ella a veces se detenía en una hoja y luego cambiaba rápidamente a la siguiente, al tiempo que le hacía un mohín a Fuzzaro. Él se sirvió otro bourbon. Hielos hasta el tope y un gran chorro de la bebida. Le llevó otra copa a ella. De pronto, él miró su reloj, distraídamente, y ella pareció entender la señal, o así lo creyó. Apuró su copa, cerró el libro, bajó las piernas del sofá, arregló su ropa y se despidió de él con un beso cálido. Llámame, le dijo y salió cerrando la puerta con mucho cuidado. Fuzzaro, al quedarse solo, recogió los platos, la copa, cerró el libro y llevó los restos de comida a la cocina. Lavó la losa sucia a conciencia. Le gustaba el orden. Un cosmos ordenado donde nada estuviera fuera, pero con la mujer se desarmaba. Dejaba que ella hiciera todo lo que quisiera. Libros regados, discos fuera de sus cajas, algún cuadro movido de lugar, papeles en cualquier sitio, ropa tirada.

Todo era un juego. Los momentos de Fuzzaro con ella eran un juego.

Él volvió a la sala. Abrió las ventanas que daban a la avenida y entró un viento húmedo. Se sentó de nuevo en el sofá gris, abrió una revista y la hojeó sin ganas. ¿A dónde iba en esos instantes en que parecía perderse? Escuchó que entraba una llave a la cerradura de la puerta y que esta se abría suavemente. Entró la mujer, seria, cansada. ¿Cómo te fue hoy, Fiorenza?, le dijo él. Ella se acercó a darle un beso rápido.

Bien, pero todo muy pesado.

¿Quieres comer algo?

No, gracias. Comí cerca de la oficina pasta y ensalada. No tengo hambre. Mejor dame un beso, ¿quieres?

Él se levantó para besarla y le dio un largo abrazo. Te extrañé, dijo. En el estéreo volvió a repetirse la música de Dylan. ¿Cómo puede gustarte esa voz de *clochard*?, le dijo ella. Era una lluvia dura. Todo era un juego. La vida era así. Fuzzaro sonrió. Le gustaba Dylan. Abrazó a Fiorenza, se sentaron juntos en el sofá y abrió un libro de arte. La vida era así.

PALABRAS MUCHO MÁS CORTAS
QUE UN SENTIMIENTO ABATIDO

Estábamos demasiado borrachos, nos cuenta Di Vita a Akbar, a Lee Hon-li y a mí. Estábamos en un estado de lucidez y de deseo, de total desenfreno, de olvido quizá, y entonces Di Vita ríe. Puede ser, dice a media voz. Cuando empieza a contar sus historias es como si estuviera poseído; gesticula, actúa con precisión, imita voces, tonos, actitudes. Es de noche y estamos en un *Po shang ma cha*, un pequeño bar donde bebemos *soju* y comemos algo. Hace un frío gélido de otoño en Seúl. Lee quiere hablarnos de las obras que está construyendo, pero gana el histrionismo de Di Vita. Lo que hay es lo que hay, dice. Un bar de putas en Varsovia. Putas de una hermosura que casi hería. Rusas, polacas, croatas. Mi amigo Jorge Curioca, mexicano como vos, miraba a una de ellas y la llamaba para que se sentara con él, dice. La oscuridad. Las luces. Un centelleo y la música. Paisajes casi blancos. Una mujer bailaba en la pista, se tiraba al piso, abría las piernas para mostrar su sexo depilado, che, las largas piernas, los zapatos con un tacón imposible, los senos grandes que chupaba a cada tanto, mirá vos, Fuzzaro dice. Lo que hay es lo que hay. Era viernes, o miércoles o lunes o sábado. En algún momento perdí la cuenta. Tampoco sabía en dónde estaba. Quiero decir, el nombre del lugar. A veces veía a la mujer en la pista. Una rubia casi albina, de piernas largas. Quiero esa para mí, che, Curioca, le dije. Pero él no escuchaba, le hablaba a la puta que estaba con él. Le susurraba un poema de López Velarde, en español, al oído. Náyade, le decía, y la puta reía y se dejaba hacer y bebía sin parar. Fue Varsovia, o Madrid. Es lo que hay. Un mexicano borracho que hablaba horas de una calle de Oaxaca, algunos poemas, y un argentino que reía sin parar porque algo tenían las bebidas, estoy seguro. Nunca pierdo la conciencia, o si la pierdo es para acabar en brazos de alguna gentil dama que me ofrece su conchita, dice y lanza otra carcajada. Pero también está otra ocasión, ya no recuerdo ahora, che dice. Algo me dijo Curioca. Debe de ser la bruma la que me engaña, o mi memoria. Ya no lo sé, pero imagínense al petiso de Jorge extraviado en un barrio de Sanghái, en un barrio de putas, quiero decir, y hacía calor y él había estado bebiendo sin parar y quería acostarse con una oriental, pero solo atinó a recordar que lo esperaban para concluir la película. Es lo que hay.

Pasillos casi blancos. Paisajes con caracteres chinos en medio de la nada. Una hilera de putas jovencísimas que ríen, que esperan, que muestran una brillantez en los ojos, una piel casi inmaculada. Es lo que hay. Putas y pasillos blancos, dice Di Vita. Estamos callados, escuchándolo.

A veces no sé si va inventando las historias al momento, si depende de los interlocutores. Akbar quiere saber más. Cuando escucha cineasta, o película, incluso deja de beber y utiliza las manos como si fueran una cámara de cine. El bar diminuto tiene un encanto extraño. El humo está por encima de nuestras cabezas, y cuando se va al baño hay que agacharse porque es muy bajo. Seguro que Di Vita seguirá con sus historias. Esperá, che, me grita en español. Viene lo bueno. Akbar le pide que continúe y Lee está demasiado borracho y no para de pedir más *soju* y *de hap tang* y *gueranmari*. Di Vita intenta detenerlo, pero Lee quiere más comida en la mesa, no importa, y más *soju*, más botellas de *soju*. Estamos muy cerca del río Han, en la zona de Gamgnan.

Escuché una historia en el Margot, un bar en Boedo, en la calle de Boedo y San Ignacio, dice. Eran dos hombres que discutían algo incomprensible, o raro. Un gordo con mirada extraviada, canoso, barba de varios días, y un hombre de lentes, como intelectual o periodista o una de esas cosas infames, vestido de saquito y polo. No estaba enamorado, le dice el gordo; prefería mirar las montañas nevadas antes que hacer el amor con mi mujer, o mentirle. Su dinero lo gasté muy pronto, dice el gordo, en la ruleta. Ahora solo tenemos una finca en el campo, su última propiedad, y ella no dice nada, no reclama, no grita, solo me mira y no le importa, y el piso en La Recoleta. Puedo llevar mujeres a la casa y ella se recluye, dice el gordo y le da un trago a su tinto, pero una vez al mes, desde hace algunos años, tenemos un acuerdo tácito dice, una vez al mes tengo que buscar un hombre, contarle la historia, invitarlo a la casa, en La Recoleta, dice, y entonces es cuando mi mujer aparece, un poco contrariada porque siempre es de noche y discutimos y nos violentamos y algo sucede, dice el gordo cada vez más sudoroso, cada vez más tranquilo, invariablemente algo sucede, porque el hombre entra en su defensa y entonces tengo que dejarla con él, que la mime, que la acaricie, y me retiro y ellos terminan en nuestra habitación y yo los escucho desde la otra, dice el gordo, con cara de compungido; escucho sus risas, sus voces en susurros, los gemidos, e imagino a mi mujer con ese hombre que no tiene rostro ni nombre dice, y por la mañana habrá una sonrisa en el rostro de mi mujer o una mueca de disgusto. Le dije que no estaba enamorado, dice, la verdad no es esa, amo a mi mujer y hoy me espera.

Entonces, Di Vita suelta otra carcajada y bebe *soju* y se abriga porque todo el tiempo tiene frío, como si cada historia contada lo fuera congelando. Se cubre el cuello con una bufanda muy gruesa. En sus ojos se adivina cierta ironía. Les tomo algunas fotos a ellos y a la mesera, amiga de Lee. Akbar quiere sentarla en sus piernas y la mujer solo sonríe y trata de esquivarlo con naturalidad. Hago tomas en blanco y negro, de ellos y de la otra gente que ronda en las otras mesas. Algunos coreanos borrachísimos, con la mirada perdida, el cigarro en la boca, los cortes de cabellos tan raros que a veces se confunden con los de las mujeres.

Hoy, Di Vita está inspirado. Nos dice: esta es la historia de dos gatos. El azar, lo verán, es extraño. O deben de existir otras conexiones que desconocemos. Yo no lo sé. Imagino que hay por ahí soplos que nos van guiando, algo así como pájaros invisibles que todo lo unen o llevan asuntos de correspondencia de un lado a otro. Todo me lo contó mi amiga María, cuando fui a visitarla a Oaxaca. Nunca había estado en esa ciudad y me gustó mucho. Flipé, como decía mi novia española. María y yo somos amigos desde hace muchos años, de cuando ella escribía poemas y nos llegamos a encontrar en uno de esos aburridísimos congresos internacionales, creo que fue en Buenos Aires. De ahí viene nuestra amistad. Así que era un buen pretexto ir a verla y conocer Oaxaca. Me habían hablado mucho de la ciudad, de sus cielos azules, del centro. Y me acordé de una novela de Richard Ford que sucede ahí: un exbasquetbolista cae preso, pero me estoy desviando, dice. El asunto son los dos gatos y María, mi amiga. Casi me contó la historia al llegar, creo que a los dos días fuimos a Etla, o algo así, a ver una antigua fábrica remodelada para albergar un centro de artes. Creo recordar una exposición de cerámica. Mirá, dice, María manejá imposible y ahí voy agarrado al asiento y soportando a su perro xoloscuintle horrendo. La Señora Murakami, se llama. Deberían comérselos, por feos. Yo creo que Lee sería feliz en probar otras razas. Ahí vamos por la carretera rebasando los autos, la larga línea de autos y todo es rojo. Los pastizales como sábanas sangradas. Nube, María me empieza a platicar ella. Así se llama mi gata, aunque no se lleva bien con la Señora Muraka-mi, esa perra tan linda que llevas en brazos, me dice con un dejo de burla. Pasamos una curva y más nubes estacionadas en la montaña. Por el estéreo se escucha a Lila Downs. María acelera y vuelve a rebasar. Me platica a trozos la historia. La casualidad. Ella y Pedrag fueron pareja hace varios años, me dice riéndose tranquila. Vivían en Sarajevo, luego se separaron y ella volvió a México, rentó la casa en Oaxaca donde me recibió y se trajo a Nube y Pedrag se quedó con Peter, su gato. Ambos tenían un gato. Recuerden, queridos amigos. Esta es la historia de los dos gatos. Recién llegada a Oaxaca, María empezó a experimentar con una serie de instalaciones donde su cuerpo era lo principal. Anda por todo el mundo con sus instalaciones y *performances*. A ti, Fuzzaro, debe interesarte eso. Yo no lo entiendo mucho, pero María es muy guapa, a veces tiene los rasgos clásicos de una mexicana y a veces parece que estás viendo una paisana de nuestro querido y borrachín amigo Akbar. A pesar de haber terminado la relación, ella y Pedrag eran buenos amigos; se escribían, hablaban por teléfono, de vez en cuando se encontraron en alguna ciudad de Europa si coincidían, si él estaba cerca por motivos de trabajo. Bueno, hace poco, dice ella, Nube salió de casa y no regresó. Pensé que algo le había pasado, dice, y coloqué anuncios por toda la colonia, la busqué de casa en casa sin resultados. Casi al cumplir un mes, cuando pensé que se había ido para siempre, Nube regresó, dice ella. Estaba muy flaca, casi en los huesos, huraña, agresiva. La llevé al veterinario y se restableció poco a poco. Como a los quince días de que llegó la gata, Pedrag me habló por teléfono para saludarme, para saber cómo estaba. Le conté lo de Nube y guardó silencio un largo rato, sin interrumpirme. Cuando terminé me dijo que también Peter se había extraviado. Revisamos las fechas y ambos gatos salieron el mismo día de nuestras casas y regresaron igual, es como si ellos tuvieran un nexo secreto que desconocemos, Oliver, me dijo. Pedrag y yo nos quedamos sorprendidos, dice, porque Nube y Peter nunca fueron muy cercanos, o quizá sí y nosotros lo desconocíamos. Me quedé un buen rato pensando en lo de María y a través del cristal observaba los pastizales, las nubes de un blanco prodigioso, mientras ella aceleraba y quitaba del estéreo a Lila Downs para poner a Rufus Wainwrigth. Atrás, la Señora Murakami, la perra xoloscuintle, también observaba silenciosa. Se había movido de mis piernas. Servime más *soju*, Fuzzaro, que mi garganta está seca.

Lee solo nos veía sorprendido, con los ojos vidriosos por tanto alcohol, y Akbar estaba ensimismado con su cámara imaginaria. Cambiamos de idioma, era lo mejor, era nuestro refugio. Seguían llegando más coreanos al pequeño lugar. Entraban y salían. En algún momento quedamos en silencio, pensando en las diversas causas por las que estábamos ahí. Los motivos que nos orillaban a andar por el mundo. Oliver Di Vita huía de su argentinidad, de los argentinos. Los repelía como a bichos raros, pero extrañaba su casa de Boedo, sus gatos, y cada cierto tiempo regresaba un mes, dos meses a Buenos Aires, «a llenarme de asados, che», me decía. Y luego, vuelta a salir a otro lado. En su viaje a la India fue cuando conoció a Akbar, el más viejo de los tres, el más puro, para decirlo llanamente. No tenía un dejo de malicia ese indio siempre contento, siempre soñando con su próxima película; extrañando a sus hijos y su mujer, su puerto seguro, su ancla. Lee terminó por quedarse dormido en la mesa. Hablando solo.

Che, Fuzzaro, escuchá esto y nos terminamos esta boludez de *soju* y nos vamos a otra fiesta. Sabes que tengo obsesión por las historias bizarras, oscuras, divertidas. La de Solari me la contó mi viejo. Escuchá. Era italiano, corpulento, miope y músico mediocre de sesenta años, barba de monje ortodoxo, pero que por azares del destino o de la suerte hizo algo de dinero con la música india y oriental, con los consejos de cierto misticismo barato propio de los yonquis. Su verdadero nombre era Tino Solari y había nacido en Milán en 1946. Durante los años sesenta, a fines de esa década, tuvo estadías en París, Múnich, Ámsterdam, África del Norte, y siguiendo los pasos de una alemana recaló en la California de los jipis. Tino Solari se deslumbró rápidamente con las playas californianas, los cuerpos bronceados, la mariguana, el LSD y con historias absurdas sobre los yoguis y ciertas ciudades de la India donde todos podían vivir en paz y ser felices en comunas; soñó con algún día ir a Oriente. Eso le decía a Gertrude, la alemana con la que había viajado. En algún momento desapareció de California y amigos suyos lo encontraron cuidando un bar de Ámsterdam. Recordá, es 1973 y ahora se llama Michael Mankell. Tiene un tatuaje de la diosa Kali en el pecho. En California comienza a tocar la guitarra como un medio de subsistencia. Luego desapareció para reaparecer en 1980 de nuevo en Milán, pero ahora como líder de una secta y músico y compositor con el nombre de John Indra. Pronto viaja por Europa para dar conciertos y ganar adeptos a esa secta milenarista. Sus discursos están llenos de falsas citas, de torpes metáforas de redención y de una bien trabajada convicción. Aprende un poco de unas cuantas religiones y las mezcla. Su música es parte del *new age*: demasiado simple. Pero Solari tiene un secreto, un secreto que comparte con los integrantes de la secta: le gustan los niños, y en los lugares adonde llega a vivir desaparecen al poco tiempo. Mejor dicho, desaparecen de tanto en tanto, hasta que recaen las sospechas en él y su secta y vuelven a desaparecer. La última vez que la policía supo de él fue en la frontera entre España y Francia, en un pueblo de los Pirineos. No hay secreto. Es pedofilia, pero Solari cree en designios secretos. Tiene tatuado en el pecho el nombre del primer hijo de su esposa. Ella se lo entregó sin miramientos. Como una prueba de fe. Desde hace tiempo, a Solari lo persigue la Interpol, pero siempre se les escapa; es como si tuviera un sexto sentido. Parece que ahora vive en Portela do Homen, en la frontera entre Portugal y España. Así puede cruzar fácilmente de un país a otro. Se considera un elegido, un ser supremo. Sus discos los consumen jóvenes ansiosos de experiencias extrasensoriales en noches de fiestas *raves*.

Mi viejo lo leyó en el diario, me parece recordar. Claro, he ido agregándole cosas porque al-

gún día quiero escribir esa historia. Me encantan los locos. ¿Recuerdas la nota que te enseñé
del enano que en un espectáculo porno atoró
su verga en una manguera? Pobre pibe, lo que
hace la necesidad de tener guita.

TOKYO BIG DIARY

JUEVES

Un gato blanco, con manchas negras, de pro-
porciones gigantescas, yace tirado en el piso.
No sé si duerme, no sé si ha muerto a causa de
algún veneno. Tomo algunos apuntes rápidos
de su cuerpo. Hace frío en Tokio.

VIERNES

Shino está desnuda en el bosque. Sus pequeños
pezones permanecen erectos a causa del frío.
Ríe. Le coloqué una enorme flor en su húmedo
sexo. Hemos jugado con las poses. Hay algo de
inocencia en ello. No, inocencia no, un sentimiento *kitsch* que me divierte.

DOMINGO

La disposición de los muebles del apartamento
tiene una fijeza que asusta. El televisor proyec-

ta el reflejo de la imagen del edificio de en-
frente.

LUNES

Queda una imagen muy precisa: un hombre
vestido de blanco pasa sin mirar al pordiosero
que está tirado a la entrada del metro. Nadie
lo ve, ni a sus sucias sandalias. Todos llevamos
prisa.

LUNES

Shino está desnuda en la cama. La amarré con
varias sogas por distintas partes del cuerpo.
Cubrí sus manos y sus pies con bolsas negras y
cinta aislante. Escuchamos algunos acordes de
ópera. Shino tiene el rostro cubierto por su cabello. Me acerco a ella y coloco entre las jun-
turas de las sogas una serie de cucharas, tenedores que brillan aún más con el choque con
el cuerpo blanquísimo de Shino. Aprieto más
las cuerdas y ella gime, luego me siento frente
a ella.

MARTES

Detengo a dos niños en una callejuela. Les tomo una foto rápida. Cada uno de ellos lleva dos botellas de cerveza, vacías. La muerte tiene el rostro de uno de esos chicos.

MIÉRCOLES

Cae aguanieve en Tokio. Un grupo de colegialas cruza la calle con prisa. Se protegen con paraguas de todos los colores. Son lolitas que quisiera fotografiar, cogérmelas una a una con sus rostros inocentes, sus medias a la altura de la rodilla, sus brevísimas faldas, sus bragas inocentes y quizá un poco sucias.

MIÉRCOLES

Las flores de *sakura* tienen una extraña belleza ante mis ojos. Voy a cogerme a Shino mientras vemos caer el aguanieve y la cubro con flores de *sakura.* Hoy es tarde.

JUEVES

Shino me toma una fotografía inesperada. Me atrapa comiendo en la cama. Tengo unos palillos en la mano y un gesto de sorpresa. Saliste lindo, Fuzzaro, me dice ella.

VIERNES

Shino y yo entramos a un hotel barroco, con referencias a mi mundo, no al de ella. Le sorprende la cama rococó, perfectamente labrada, con los dos serafines a los lados, las sábanas blancas, las patas con garras de leones. Rápido se desnuda y se lanza al colchón, como una niña que hace una travesura. Mírame, dice. Abre las piernas, las agarra con las manos y comienza a tocarse lentamente el clítoris. Abro el regalo que compró para mí: un reloj de pared en forma de corazón. Nos gustan estas tonterías. Shino hunde su índice en la húmeda vulva.

DOMINGO

Frente al jardín pasa una *geisha* presurosa. La nieve se abre ante sus pulcros pies. Es una *geisha* mayor, sin maquillaje. Shino es mi *maiko*.

LUNES

A pesar del frío convencemos a Shimamura, amigo de Shino, para que realice un acto para ella y para mí. Subimos a la azotea del edificio. Shino se desnuda y se acuesta en una mesa. Le pido a Shimamura que se suba a un taburete y con una jarra que utilizamos para regar las flores, y comienza a regar a Shino. Ella está aterida de frío, casi morada, pero soporta muy bien la lluvia que cae en sus pequeños senos, en su plano vientre, en su presuroso pubis.

JUEVES

Nos visita el hijo de Shino. Tiene dos años. Vive con la madre de Shino. Jugamos y le tomo algunas fotos. Le hago retratos para regalárselos a su madre.

VIERNES

Shino invita a cinco amigas suyas. Soy el único hombre. Decidimos tomarnos una foto. Preparo la cámara y les pido a las seis mujeres que tomen un plátano, que lo abran y lo pongan en su boca como si estuvieran chupando una verga. Mi verga. Me siento en medio de ellas, soy un fantasma. Disparo.

MARTES

¿Qué hace alguien cuando termina en un hospital extranjero? Pronto morirás, Fuzzaro, me dice una voz en mi cabeza. Le pido a Shino que lleve un registro fotográfico. Que finjamos que es una extraña, que no me conoce, que está ante un moribundo que desea abrirle el vestido y hurgar entre sus calzones. Le digo que registre cada cosa. Que orine en mi mano. Estoy débil. Recuerdo el rostro del niño, la muerte es el rostro de ese niño japonés con dos botellas entre sus manos. La muerte es un maestro alemán, decía Paul.

SÁBADO

Estoy cansado de todos los estudios y siguen sin encontrar nada en mi cuerpo y cada vez me siento más débil. Shino no se separa de mí. Me graba, toma fotos, es mi guardián que se inclina cuando la enfermera no está y me la chupa despacio. Para reanimarme, dice.

LUNES

Sigo muy cansado. Hoy me mandan a casa los doctores. No tengo nada, solo un cansancio atroz, una tristeza evidente para mí, pero no para ellos. Me cuesta caminar. Doy pasos muy breves. Cruzamos la calle por un puente. Tokio tiene una afición por la desmesura. Frente al hospital, tan solo al cruzar la calle, está un campo de béisbol. Shino se detiene en la escalera para ver durante un momento a los jugadores. Me acercó a su espalda, levanto el abrigo, el vestido, abro sus calzones, acaricio sus firmes nalgas y meto levemente un dedo en su ano. Ella se sobresalta y se mueve despacio. Luego lo saco y se lo doy para que lo chupe. La debilidad es una cara invisible. El dolor y la pérdida son más fuertes.

En el metro, tan silencioso y callado, un jovencito me mira como sin querer. Aquí nadie mira a nadie, y me sorprende ese gesto. A su lado un hombre duerme, una anciana se toma la cabeza como si el dolor fuera a devorarla y una mujer de lentes tiene la mirada perdida. ¿Qué hago aquí? Mi cuerpo no responde, tiene un cansancio acumulado. Una furia.

MIÉRCOLES

Cosas vistas:

1. Una llave de agua envejecida, una manguera que gotea en silencio.
2. Otro gato blanco que duerme en una acera o que está muerto o que juega conmigo. No lo sé.
3. La imagen de mi cuerpo frente a unos escaparates. La delgadez.
4. La imagen de mi cuerpo entre una serie de construcciones en proceso. Soy como la muerte con lentes oscuros.
5. Un cuadro de Shino. Es una mujer que parece ser atravesada por una rama que se convierte, a la altura de su cuello, en un alambre de púas clavado delicadamente.
6. Mi imagen proyectada en el televisor. Shino y yo vemos lo que grabó. Mi verga inerte en la cama del hospital, las piernas rígidas, la bata, las agujas en mi muñeca, los otros pacientes, mi rostro, su rostro entre mi verga endurecida por el contacto con sus labios y lengua.
7. Una serie de signos afuera de una tienda. Shino los descifra para mí: son versos de un poema antiguo. Dicen: «La nieve se desprende / de los árboles. / El ave parte».

DOMINGO

Ayer decidimos salir a Fukuoka, hacia la playa. Es necesario para que me recupere. Llegamos a este puerto porque aquí tiene Shino varios amigos. El trayecto en tren duró varias horas y me siento incómodo, cansado. Pero aun así la desnudé, la abrí y comencé a penetrarla lento. Mi medicamento me impide eyacular. Ella tiene los ojos cerrados y a través de la ventana vemos pasar los campos de arrozales, árboles, pequeñísimos poblados o casas dispersas. Nadie nos molesta. Me gustan sus ojos cerrados. Sus ojos orientales. Habla español como una niña mimada, y eso me excita.

Por la tarde vamos a la playa. De aquel lado debe de estar Busan, el puerto coreano, le digo a Shino. Los rojos y naranjas se encrespan. La playa está vacía. Me siento en la arena, mi delgadez aumenta. Shino corre de un lado a otro. Saco la cámara y, sin que se lo pida, se desnuda y comienza a bailar *butoh*, su verdadera profesión. Cada movimiento suyo tiene la perfección de un mundo que se fractura. Su cuerpo también tiene esa perfección.

MARTES

Soy un extranjero que se muere.

MIÉRCOLES

Me aburre Fukuoka. Tomamos el tren para ir-
nos a Kioto. Quiero sentarme frente al Kamogawa, escondido en una *okiya*, con Shino y una
geisha hermosísima. Entro lentamente a la ce-
remonia del té: armonía, tranquilidad, pureza
y respeto. Cada vez aprendo más. Una de las
formas de iluminación más precisas. Mis cá-
maras, mi réflex prehistórica, mis lentes, van
conmigo a todos lados. También mi enfermedad. Nuestra geisha toca para nosotros, conver-
sa, recita poemas antiguos que Shino intenta
traducirme. Mientras Mineko continúa cantan-
do, le pido a Shino que se acueste en el tapete,
que levante el vestido hasta la altura de su pubis,
que muestre un seno y que su rigidez sea la de
una muerta. ¿Cómo será hacer el amor con la
muerte? Le tomo una serie de fotos. A la geisha
le pido que suba su kimono, que queden des-
nudas sus nalgas purísimas, blancas, para que
pueda tocarlas mientras ella sigue con una sonrisa. Pensé en Nagashi Oshima. Le hago fotos

también a su rostro, su peinado, su kimono de seda cubierto de flores. Se escucha el afluente del río Kamogawa. Todavía alcanzaremos a hacer turismo. Quiero tomar algunas placas de los contrastes entre rojos y amarillos de los jardines, entre los jardines de piedra y grava zen. Sintoísmo y budismo. La meticulosidad, el detalle. Hoy también soy un hombre que muere y que quiere alcanzar el *satori* a través del sexo. Shino es mi Virgilio.

VIERNES

Un sueño extraño. Vuelve mi vida pasada. El pasado como una meticulosa mentira. Todo es mentira. Por eso estoy acá. Anoto mi sueño como si fuera un narrador ajeno, porque así lo era en el sueño. Había un desdoblamiento:

Fuzzaro había pensado todo el tiempo en Nita. Mientras iba en la barcaza río arriba, pensaba una y otra vez en algunas palabras que se habían dicho en ciertas situaciones que intentaba comprender. El río anchuroso y aparentemente calmo tenía una vida febril. Muchísimas lanchas con hombres, mujeres, niños, que se acercaban a la barcaza para ofrecer sus productos: frutas imposibles, algún guiso extraño, cigarros, bebidas alcohólicas. En las riberas del río podían verse casuchas construidas con madera y palma; niños que se lanzaban al agua; mujeres que lavaban o simplemente miraban pasar la barcaza destartalada. Al principio, Fuzzaro tuvo miedo de subirse a esa extraña embarcación. Pensaba que se rompería en cualquier momento. Durante las cinco horas que llevaba de trayecto, pasaron varios caseríos. Caseríos que surgían de la nada y así mismo se iban. Era como si la selva se los tragara y volviera a expulsar. ¿Qué hacía Fuzzaro siempre con esa idea de escapar, de no encontrarse a gusto nunca en ningún sitio ni en situación alguna? Hacía trazos muy rápidos en su cuaderno de viaje: rostros de algunos niños, una mujer embarazada, varias aves, árboles frondosos, el cuerpo de los otros pasajeros, aquel gordo que dormitaba en la hamaca, el mecánico lleno de aceite. Sin darse cuenta comenzó a dibujar a Nita, de memoria. Trazó rápido los ojos; el izquierdo un poco más cerrado por el accidente automovilístico de ella. Tuvo mucha suerte en salir casi ilesa. Fuzzaro intentaba reconstruir cada gesto de la mujer que se había apoderado de su espíritu; de la mujer que había amado. Era como esas leyendas de ciertas tribus que creían que podría existir algún agente externo que les robaba el alma. Así se sentía. Nita le había robado el alma, como hacen los cazadores de cabezas. La había reducido al mínimo.

DOMINGO

Regresamos a Tokio. Estoy mal. Vuelven los dolores. El estómago no funciona; el dolor en el costado sigue, no se diluye. El insomnio que cansa, los recuerdos innecesarios y que hay que borrar de tajo. Ese sueño me perjudicó. Quiero dedicarme toda la semana a tomar fotos en la calle. La vida es una serie de postales difusas que nunca sabemos a qué pertenecen o qué contienen. Hay una indiferencia entre estar aquí o en Zimbabue, por ejemplo. Todo está en todo. Estoy en todas las cosas y las cosas están mí.

LUNES

Puedo comer ligeramente, deglutir arroz, un poco de pescado, verduras. Tengo asco. Quiero salir a trabajar. La primera foto es en la terraza. Tomo una rama de sauce y la coloco frente a la cámara para crear un efecto de contraste. La segunda foto es en la fría calle, a mi tripié, y de fondo la soledad de la avenida. La tercera foto con cinco mujeres vestidas iguales, quizá estudiantes o secretarias, a las que les pedí posar igual, sin moverse. La cuarta foto son cientos de peces del acuario: parecen un árbol que se mueve. La quinta son tres niños que descubro en el parque; les pido que orinen lo más largo que puedan y hago clic. Los árboles están desnudos, desnudos como esos sexos minúsculos. La sexta son botellas deformadas por el calor, y que parecen falos extraños, animalescos. Hoy quiero dormir durante horas. El malestar no se va y continúo bajando de peso. Busco en el Buda de la Misericordia un poco de aliento. Recuerdo que cuando era niño empezó mi carrera de *voyeur*. Me gustaba mirar las piernas de las niñas, las piernas de las amigas de mi madre. Tocar accidentalmente una nalga, un muslo, asomarme entre el sostén porque les parecía gracioso a esas mujeres. El sexo es la perfección.

MARTES

Casi en los huesos. Tengo una sesión fotográfica con Yorokobi. En su casa. Colecciona miles de acetatos. Decidimos hacer las fotos ahí. Le ato una soga que le pasa por la vagina: quiero que le roce, que raspe. Sus pequeños senos están al descubierto. Está sentada al lado de los acetatos, atrás de ella hay un estéreo que tiene puesta música de Coltrane. Hago varias tomas con distintas luces y tiempos de exposición. Dibujo rápido en mi cuaderno de apuntes. Me acerco a Yorokobi, abro mi cierre y le pongo mi verga entre los labios. Ella abre la boca, chupa con fruición. No puede usar las manos, están atadas a la espalda. La tomo con furia del cabello para hacer que se la trague toda. Eyaculo en su boca, mis piernas flaquean.

Al regresar a casa, Shino practica concienzudamente. La veo frágil y fuerte a la vez. Kazuo Ohno dijo que «el *butoh* es el acceso al mundo de la poesía, que solamente una expresión corporal puede propiciar». Miro a esa mujer que me ha salvado. La promiscuidad me salva de ser yo. Así desaparezco, soy múltiple y no soy nadie. La aceptación de Shino es casi religiosa. Mejor dicho, su entrega es religiosa.

Al verme, me recibe y me lleva al baño. Me desnuda, prepara el agua, me lava a conciencia y me talla con una esponja para erradicar cualquier impureza. Quiero que salga Nita. Penetro a Shino con lentitud tántrica. Movimientos lentos, luego rápidos. Alterno y ella me abraza con las piernas, susurra a mi oído. Luego prepara el té. Nos sentamos para beber y se me ocurre otra foto más. Quiero verla suspendida a media altura, amarrada con sogas, las manos a la espalda, la soga alrededor de los senos, en la cintura, en una pierna para hacer contrapeso. La posición requiere la fuerza de Shino, soportar el dolor. Quiero dejarla lo más que se pueda así, suspendida, en el aire de esta habitación a media luz. Es un comienzo para obtener la pureza. Me siento en una de las esquinas de la habitación, frente al rostro de Shino. Quiero ver los cambios.

LUNES

Salimos a caminar un poco, entre la nieve y este aire helado. Me abruma el automatismo de los japoneses. La sequedad. Shino y yo damos pequeños pasos. Quiero ir a un templo donde hay una imagen de Vishnu. Cada vez me alejo más de mis estereotipos occidentales. Para desaparecer me hundo. En el camino encuentro cosas que usaré para varias naturalezas muertas; hago también algunas fotografías. Encuentro piedras, flores, hojas, que bajo cierta luz adquieren rasgos sexuales. También la naturaleza tiene vergas y vaginas. Mientras comienza a meterse el sol, tomo algunas placas de las estaciones de metro que vamos pasando, rostro, cables, antenas, vagones, maleza, piedras. ¿Habrá un momento en el que todo se olvide?

Me persiguen los gatos, son como mis nahuales. O bien se burlan de mí o me vigilan y cuidan. Tenemos una relación especial que no sé explicar. Desde niño lo descubrí: hablamos un lenguaje entre nosotros; nos entendemos de manera perfecta. Un día, cuando desperté en casa de mi abuela —eran las vacaciones y mis padres estaban de viaje—, me vi rodeado por varios gatos que habían llegado de las casas vecinas, se acurrucaban conmigo, maullaban, parecían sonreír. Los acariciaba a todos, quería abrazarlos, tenerlos para siempre, y de pronto empecé a sentir mucha comezón en los ojos, en el paladar, en la garganta y no sabía por qué razón no podía respirar. Fui el rey de los gatos. Mi abuela entró y al ver a tantos gatos gritó, asustada. Me llevó rápido al hospital, me inyectaron, me pusieron en una cámara de oxígeno, pero aún ahora recuerdo ese día, y a dónde quiera que llego de inmediato aparece un gato para acercarse a mí, para darme su contraseña, su visto bueno.

Al bajar del metro, Shino y yo queremos comer un poco, algo de pasta, una sopa caliente para los huesos ateridos. Nuestras sombras se proyectan en un muro de ladrillo, parecen agigantarse. Cruzamos por un largo parque en búsqueda de nuestro restaurante. Un niño dejó olvidado un elefante de plástico entre el césped. Es el único habitante de este frío. Por momentos me siento mucho mejor y me parece que la enfermedad desaparecerá.

VIERNES

El frío no permite salir. Hay en el ambiente un vaho cálido. Desperté muy temprano porque el dolor en el costado izquierdo no desaparece. Veo caer la nieve y es como si todo el pasado se fuera diluyendo. Shino duerme desnuda en la cama. Sus nalgas son perfectas. Está de espaldas a mí, la blusa deja entrever parte de su espalda y un hombro perfecto. Hay una ligera oscuridad en su ano. Duerme como una niña que no tiene pesadillas. Las sábanas son rastros de una batalla amorosa. Shino se entrega, o me ama sin esperar nada a cambio, sin ningún compromiso. Sus rasgados ojos, los levantados pómulos, la jugosa boca, el negrísimo cabello crean en mí una insospechada ternura. Tiene la belleza de las figuras de Utamaro o de Araki. A veces pienso en mi vida pasada, de profesor aburrido en una ciudad aburrida. Lo único que me salvaba eran mis amantes, las estudiantes que terminaba cogiéndome, mis amigas extranjeras que me visitaban a escondidas de su marido. De todas hice retratos. Todas fueron mías y de pronto desaparecí. La nieve cae con más fuerza y Shino sigue sin despertar. Creo que mi enfermedad no es corpórea, es una enfermedad del alma. Estoy en el mundo sin estar. Cuándo se pierde todo, ¿qué importa lo que siga? Shino me salvó. Llegué a Tokio con vagas referencias, después de una estancia de medio año en la puritana Seúl. A veces los viajes consisten en desprenderse, y yo no había sabido desprenderme de nada. Andaba como un fantasma que no encuentra su lugar. Pero me gustaba ver el río Han desde las ventanillas del metro. A veces hacía esos recorridos solo para encontrarme con las quietas aguas del río, que parecía un reflejo de lo que me consumía. Los viajes no lo cambian a uno; lo destruyen o lo vuelven santo, y yo estaba destruido. La nieve no me reconforta, pero sí la piel de Shino. Me reconforta, me calma la piel de las mujeres. Recuerdo la tersa piel de mi estudiante de diecinueve años, de sus ojos azulverdoso, de su aparente inocencia, de su estatura —medía lo mismo que yo—, de su avidez por devorarlo todo. Le decía Agnesita, quería ser fotógrafa, luego se fue a Londres, pero me dejó su risa de niña, sus nalgas que vibraban con cada caricia, sus pequeños senos, el olor de su sexo, casi como el de una bebé. Agnes venía de familia irlandesa y brasileña, por eso su extraña y explosiva belleza. Quería probar todo. Al principio con torpeza, pero después me decía: ¿Así está bien, querido profesor?, y chupaba el glande con una maestría absoluta. Le gustaba que primero acariciara su ano, suave, leve, y que luego la penetrara con fuerza. Mi pequeña alumna. Todo en ella estaba firme. Me divertían sus cartas cursis y llenas de faltas de ortografía, llenas de monitos de Hello Kitty. Se entristeció cuando hui, pero creo que ahora será feliz en Londres o donde esté. La felicidad es una porción de instantes infinitos, que vuelven una y otra vez.

DOMINGO

Otro gato que me sigue o es el mismo. Le tomo una serie de fotos. Se queda quieto.

MIÉRCOLES

Hemos llevado cada vez más lejos nuestras actividades performativas relacionadas con las sogas, el masoquismo, el dolor, las posiciones que generan ese dolor y que alcanzan momentos místicos. El dolor como el conocimiento del ser. El dolor como una cueva profunda para salir renovado. La luz es tenue, casi simbólica. Amarro a Shino de las manos, atrás, en su espalda. Hago que cuelguen sin llegar a generar un disloque; paso la soga por su vagina, busco entre lo más profundo y que también oprima sus senos. No debe moverse. Tiene que sostenerse en las puntas de los pies, cualquier movimiento puede generarle más dolor. Suavizo las luces, quito la cenital para crear una atmósfera más fría. Golpeo con un fuete los pezones de Shino y es entonces que disparo la cámara. Ha sido una buena sesión. Después de una hora la descuelgo, casi inconsciente. La pongo con cuidado boca bajo, le unto saliva en el ano y la penetro suavemente. Shino nada pide; yo nada pido.

VIERNES

Un gato trapecista cruza con sumo cuidado un alambre. Hoy he visto mi rostro ante el espejo y quisiera llorar. No sé la causa. Recuerdo a Jánnia, mi amante brasileña, una flaca rubia, tetas breves, caderas breves, pero una verdadera glotona; además me excitaba cómo pronunciaba el español, cómo decía mi nombre. Jánnia siempre me decía: «Menino, você sempre quer chorar, e muito mau», y luego me repetía una frase de Fonseca, el escritor idolatrado por ella. Después de coger y de llamar a su marido, un ingeniero de sistemas, para avisarlo de que llegaría un poco tarde porque en la escuela había una huelga o cualquier tontería, me decía: «Cuando haces el amor con varias mujeres a quienes amas, descubres interactivamente mundos distintos (la mujer es el mundo), y alcanzas la comunión multidimensional del cuerpo y la mente (del espíritu, si lo prefieres), la plenitud del ser. Esta contraposición es necesaria, no la de un mundo después de otro, sino la que se da entre un mundo y otro concomitantes, aunque separados». Era inteligente Fonseca, era inteligente Jánnia. Un día dejamos de vernos. Ya teníamos un motel donde pedíamos siempre la misma habitación.

Pero algo pasó. Cambiaron a su marido de ciudad y nos despedimos con la promesa de vernos. Luego fuimos olvidándonos, pero a Jánnia le gustaba sobre todo que primero le chupara el clítoris o que lo tocara suavemente: podía tener varios orgasmos así; además, su flexible cuerpo permitía las posturas más enloquecidas que haya hecho. Extraño sus citas de Fonseca; además bailaba espectacular. Era de Río de Janeiro. Por ella sé hablar portugués.

Me miro al espejo. Quiero llorar. Estoy cansado. ¿A dónde iré cuando muera? El sexo es la purificación. Quiero llorar. Sale sangre de mi nariz, fluye y no para. Me escurre por el cuerpo, es como si Nita saliera por ahí. Los grados de perversión tienen los mismos grados de la santidad. Recuerdo ahora la congregación de monjas que se reunía con jesuitas en una iglesia y rezaban a Jesús y después se enfrentaban a un frenesí descontrolado, a una orgía mística. Alguien los denunció y muchos terminaron en el Santo Oficio o huyendo a otros países. Dejo que la sangre me escurra. Afuera nieva.

LUNES

Todo un fin de semana recuperando las fuerzas. No hicimos nada. Solo escuchar música. Mahler, Bach, Coltrane, Monk y Dylan.

MARTES

Los pezones de Shino adquieren un aura mágica. Quisiera arrancarlos a mordidas. Creo que empiezo a recuperarme. He dejado de sangrar. Aumenté de peso. El mundo no se acaba, Nita sí.

JUEVES

Sesión de fotos con modelos masculinos. Les cubro los minúsculos penes con máscaras, listones, cuchillos. Alguno se asusta. Le digo que no se preocupe, que no vale la pena cortar tan poquito, pero es obvio que no entiende español. Buen día.

VIERNES

Vamos a una fiesta con amigos de Shino. Todos debemos estar desnudos o en ropa interior. Las mujeres con negligé y bragas por donde se puedan ver sus labios gruesos. Las japonesas tienen labios muy gruesos, húmedos. Que se abran, que se muestren. El sexo debe ser la posibilidad de un conocimiento del mundo, de nuestro interior, de nuestro espíritu. Entro al baño porque no puedo contener las lágrimas, corren y corren sin parar. Es un mar que no para.

DOMINGO

Extrañas situaciones que todo lo trastornan. Un hombre lleva en la parte trasera de su bicicleta a un perro como si fuera un bebé. Va abrigado y cubierto por cobertores. Cruzo la calle y entro a una cafetería. Me siento a leer mis revistas. Hoy estoy mucho mejor. Empecé a leer a Kawabata en japonés, con ayuda de Shino. Seguiré con Akutawa. Hoy se presenta Shino con su grupo. Ella ya está en el teatro, yo la alcanzaré después. Por la mañana me encontré contactos de Nita, de nuestros viajes, y tuve una atroz regresión. Me muevo en una dualidad que me cansa. Algún día volveré a encontrarme con el pasado y tengo miedo de eso. Mis sentimientos son duales con Nita. Termino mi café, me abrigo, voy al metro, donde nadie habla. Todos son autómatas silenciosos. Sigo sin aprender nombres de calles, o las olvido al instante. Mi abrigo tiene la suerte del viajero intacto, ha ido por el mundo y nada lo perturba. Viajar es perder países. Viajar es perderlo todo.

MARTES

Shino vaga por la casa completamente desnuda. Me encantan sus pezones erectos. Abre y cierra puertas, me ofrece un té, se vuelve a ir. Escuchamos una ópera *kabuki*. Es necesario el silencio. Y la desnudez de Shino.

MIÉRCOLES

Cita para fotografiar a ocho yakuzas. La única condición es que no se vean sus rostros, pero sí los tatuajes en la espalda, las nalgas, los muslos. Están cubiertos por un taparrabos parecido a los de luchadores de sumo.

Vuelvo a casa temprano. Se me ocurrió una foto de autor y modelo. Autorretrato de un día gris con dolor en primer plano y bosque de fondo. Preparamos todo Shino y yo; se ha vuelto una estupenda ayudante y mejor modelo. Aseguramos las sogas del techo, probamos las luces. Le coloco un kimono abierto para que se vean sus senos. Le pido que se ponga en posición fetal y comienzo a amarrarla de las piernas, de la cintura, de los hombros. Empiezo a subirla a través de las poleas. Le pido que deje caer la cabeza y le pongo unos zapatos rojos, de tacón altísimo. Voy al fondo de la habitación, delante del ventanal pongo mi sillón favorito, unas revistas tiradas al lado, una lámpara al otro extremo. Me acomodo cómodamente, el brazo en cruz apoyando la cabeza, un poco cínico mi gesto, preconcebido, y disparo.

SÁBADO

Encuentro un grupo de niños que me miran con sorpresa. «Nariz alta», dicen. Los extranjeros tenemos la nariz muy grande. Me parece que uno de ellos es el niño que encontré hace días. El niño que tiene el rostro de la muerte. Ahora que mi salud mejoraba encuentro este augurio. Corro y ellos ríen, me señalan. Quiero escapar, quiero volver a un sitio donde pertenezca. La muerte tiene el rostro del niño. Ella se ríe de mí. Para renacer debo morir, y me niego, lo sé.

Hay dos hombres completamente borrachos en la acera. Dos mujeres los miran con lástima, no pueden creer que estén viendo ese espectáculo. Tokio es una ciudad que no ha entrado en mí. Sigo siendo un extranjero incómodo, visible. Mi círculo es de un poco de gente. Algunos amigos, el escritor argentino que regentea un pequeño *oyaki*, las bailarinas amigas de Shino, el director de la compañía, algún músico, el pintor indio, la pareja gay neozelandesa y los cientos de gatos que pululan por todos lados.

Hoy he decidido matar mis recuerdos. Me coloco frente al espejo y arrojo ácido a mis ojos, pero un acto reflejo me impide abrirlos y lo único que consigo es quemarme el rostro. Me arrojo agua y de inmediato se forman ampollas gigantescas en mis ojos. Voy a tientas al sillón. Después de algunas horas, cuando llega Shino, se asusta y me lleva al hospital. Estaré ciego por un tiempo. Es mejor, pero los recuerdos no se van.

JUEVES

Demasiados días en convalecencia. Tengo que usar unas vendas y unos lentes oscuros. ¿Cómo se mata lo que se ama? ¿Cómo se destruye lo que te acabó trastornando hasta obligarte a huir lo más lejos posible? ¿Cómo olvidar los daños, los actos, la espalda de ella, el fantasma que me persigue? Hay que matar para seguir existiendo.

Salimos Shino y yo a pasear. Le pido que me describa los lugares, aunque los conozca, quiero verlos a través de ella. Me describe sobre todo los cielos grises, claroscuros, heridos por los rayos del sol; las aguas de la bahía; alguna lancha que pasa con movimientos amodorrados; los edificios al fondo; los puentes y cómo las luces se estrellan en el acero. Quisiera tomar alguna foto. Inventamos un mecanismo. Ella será mis ojos, pero hacemos un aparato con madera y plástico para ponerlo sobre mis hombros y que quede frente a mí. Así iremos por distintos sitios. El primer lugar donde probamos es en el metro. La cámara está frente a mí, a una buena distancia. Shino la pone en foco y disparo. Pasamos todo el día haciendo esto. Soy un minusválido con una erección. Buscamos una calle poco transitada. Shino la busca. Me recarga en la pared, abre mi cierre y comienza a chuparme con gusto y deleite. Toca mi verga con sus suaves manos, la acaricia delicadamente, la llena de su saliva, luego me guía para que me hunda en ella; levanta una pierna, que apoya en la defensa de un auto. Cogemos como si fuera nuestro último día juntos.

MIÉRCOLES

Me han quitado hoy las vendas. Debo usar los lentes por un largo tiempo y un bastón para apoyarme. Hoy mismo recibimos una carta de una universidad estadounidense. Me invitan a que durante un semestre dé clases. No sé si aceptar, pero Shino me dice que acepte, que me vaya. Un año aquí es suficiente. Hay que emigrar. Nunca hablamos de nosotros como pareja, pero es extraño, muy extraño. Mi bailarina de *butoh*. Mi perversa.

Escribo la carta y la mando. Ya veremos qué pasa. Haremos nuestras últimas fotos. Shino se abre de piernas para que le chupe los labios gruesos. Huele a sudor, un sudor agrio. Después le levanto las piernas, la coloco en mis hombros y la penetro por el ano. Gime de dolor.

LUNES

Hace dos semanas que mandamos la carta y ya tenemos respuesta. Debo integrarme lo antes posible al campus. Un semestre se pasa rápido, pero no sé si volveré a Japón, no sé si veré a Shino. Ella lo prefiere así, aunque veo dolor en sus ojos. La desnudo para tomarle una foto a su pubis, como el cuadro de Courbet. Hago pequeños remolinos con su pelo. Rizos como icebergs. Sus caderas son perfectas. La negrura de su pelambre me excita. Sus muslos firmes, duros pero tersos.

La siguiente foto es la foto de mi enferma. La cubro de vendas y solo dejo fuera los senos, el pubis, un poco de los huesos de la cadera y un solo brazo. El otro lo cuelgo. Coloco pequeños dinosaurios entre su cuerpo y le pido que no sonría, que no tenga ninguna expresión. Después, la coloco boca abajo, con las piernas dobladas, el torso pegado a ellas, para que quede en primer plano su ano negro y hermoso, sus nalgas, que son como un relámpago amarillo, su tersura. Para que se vea expectante, semiabierto, mojo mi dedo y juego un poco con la entrada; rápidamente se inflama. Es el momento.

DOMINGO

Toda despedida es dolorosa. Decidimos hacer el amor hasta que eyaculo sangre, hasta que nuestros cuerpos no puedan más. ¿Volveré? Ella me pide que no prometa nada. Me prepara el último té. ¿Olvidaste a Nita?, me pregunta. No, le digo. Aún no. Quizá sea tarde para eso. Bueno, no me olvides a mí, me dice. Yo quisiera ese amor. Me da un largo beso, un beso donde pone todo su cuerpo, su alma, sus movimientos. Nos vamos a dormir porque salgo mañana muy temprano. No te despidas, me dice. Tokio se oscurece. Solo hay un punto blanco al fondo.

ÍNDICE